Dernière nuit
à Vérone

DERNIÈRE NUIT À VÉRONE

Arria Romano

ROMANCE

www.soromance.com

« *L'amour et un noble cœur ne font qu'un,*
et quand l'un ose aller sans l'autre,
c'est comme quand l'âme abandonne la raison. »

Dante Alighieri

PROLOGUE

Printemps 1447
Vérone, Italie

Il existait en ce monde des personnes dont la beauté, le charme et la sensualité formaient une trinité indissoluble qui déchaînait les cœurs, suscitait l'admiration et, dans certains cas, rendait fou. Selon les hommes qui croisaient le chemin de Beatrice Bartolo, et en particulier selon Baldassarre Torelli, la jeune bourgeoise de dix-sept ans avait reçu à la naissance tous les dons qu'Aphrodite pouvait conférer à une femme.

Quand on la voyait pour la première fois, on se noyait tout d'abord dans son regard de velours aussi bleu et clair qu'un ciel ensoleillé au mois de mai. Puis, on s'attardait sur la symétrie de ses traits délicats et angéliques. Ses yeux dessinés en forme d'amande étaient un peu enfoncés dans leurs orbites et frangés de longs cils bruns, tandis qu'une paire d'arcs fins les coiffait dans un léger mouvement d'accent circonflexe. On suivait ensuite la ligne droite d'un nez aux ailes minces avant d'admirer longuement les lèvres vermeilles d'une bouche pulpeuse, qui s'ouvrait tel un bourgeon de rose en dévoilant une rangée de dents pareilles à des perles quand elle souriait. Son sourire était d'ailleurs célèbre dans la ville de Vérone, mais ce qui troublait davantage Baldassarre était ses pommettes hautes, posées tels des pétales de fleurs flottant sur le lait de sa peau délicieuse.

Enfin, on se perdait dans la contemplation de sa longue chevelure brune, bouclée, et brillant d'une teinte aussi chaude que l'écorce des marrons, avant d'étudier son allure altière, sa démarche déliée et son corps joliment fait, marqué par une poitrine généreuse, une taille de guêpe et des jambes longilignes.

— Pourquoi me regardes-tu comme ça, Baldo ?

Baldassarre, que tout le monde surnommait Baldo par rapport à son prénom, mais également pour sa vaillance proverbiale, étant donné que « baldo » signifiait « vaillant » dans la langue de Dante, sortit de sa contemplation pour rencontrer les yeux intrigués de Beatrice. Elle était au milieu des arènes de Vérone, joliment habillée d'une volumineuse robe de soie et de velours bleu pâle, une couleur très répandue chez les femmes aisées, et confectionnée avec un soin coûteux. Ses longues boucles brunes coulaient en cascade jusqu'à ses hanches, alors qu'une couronne tressée avec un motif tricoté croisé ornait l'arrière de son crâne.

— Pour graver ta beauté dans ma mémoire, Bea, avoua-t-il en se rapprochant d'elle, jusqu'à ne laisser qu'un mètre de distance entre eux.

Un frisson glissa sur l'échine de Beatrice à l'entente de ce ton grave, solennel, et le cœur battant plus vite dans sa poitrine, elle dévisagea son ami d'enfance. Baldassarre était un beau jeune homme de vingt et un ans, grand, lourdement charpenté, impressionnant dans ses vêtements noirs et sa cape de laine, qui claquait derrière lui à chaque fois qu'il marchait de son pas décidé, prêt à conquérir le monde qui s'ouvrait à lui. Il ne l'avait jamais laissée indifférente, même lorsqu'ils étaient plus jeunes, et ses yeux dessinés en pointes de lame, d'un noir de jais, lui donnaient toujours quelques roseurs. Peut-être était-ce à cause de sa façon intense, presque pénétrante, de la regarder ?

— Tu sais, lorsque je serai sur le champ de bataille, je n'aurai plus que ton souvenir pour seule consolation…

La respiration de Beatrice se suspendit.

Le champ de bataille. Voilà un sujet qui mettait sans cesse le feu à ses émotions, surtout lorsqu'il s'agissait de lui. Car, si Baldassarre l'avait invitée à se promener dans la ville ce matin, jusqu'aux arènes où ils aimaient autrefois se cacher par jeu, c'était justement pour lui faire ses adieux avant de rejoindre Federico da Montefeltro, le célèbre *condottiere*, auquel il venait de prêter allégeance.

Après une brève inspiration, elle lui répondit froidement :

— Tu n'es pas obligé de partir.

— Non, mais j'en ressens le besoin.

— Plus que de rester à mes côtés ?

Les étincelles qui éclatèrent dans le regard bleu de Beatrice lui imposèrent un petit silence réflexif, et après avoir passé une main nerveuse dans ses beaux cheveux noirs, ondulant jusqu'à ses larges épaules, il répondit d'une voix que la fatalité de leurs deux destins rendit ferme, voire sèche :

— Que je reste à tes côtés ? Mais dans quel monde vis-tu, Bea ? Aurais-tu oublié ton mariage prochain avec notre ancien ennemi héréditaire, Ludovico Foscari, ainsi que ma situation inconfortable au sein de ma propre famille ? Tu sais que je dois faire mes preuves en tant qu'homme, puisque les affaires de mon père sont désormais entre les mains de mes frères aînés et qu'il n'y a quasiment plus rien pour moi, qui ai eu le malheur de naître en dernier. Je ne peux pas me résoudre à entrer dans les ordres, alors, rien de mieux que la guerre pour me faire un nom et bâtir ma propre fortune… et surtout… rien de mieux que la guerre pour oublier le mariage prochain de la femme que j'aime. Pour t'oublier, Beatrice.

Pour t'oublier, Beatrice.

L'amertume teinta la fin de sa phrase et fit miroiter une lueur sombre dans ses yeux obscurs, lesquels dévoraient sans ambages le visage désormais rouge de Beatrice. Elle était bien trop intelligente pour ignorer l'amour qu'il lui vouait depuis longtemps, mais jamais encore il ne lui avait avoué ses sentiments et visiblement, même l'effondrement subit des ruines alentour ne l'aurait pas détournée de son trouble.

— Tu… tu m'aimes ? l'interrogea-t-elle après un silence pesant.

— Oui. Depuis que mon regard s'est posé sur toi, alors que tu n'étais qu'une fillette de six ans, et moi, un enfant de dix ans.

— À quel point m'aimes-tu ?

— À la folie.

Il vit les fins sourcils se froncer et crut assister à l'insurrection du printemps dans ses yeux.

— À la folie, dis-tu ? Alors, pourquoi n'as-tu pas fait ta demande à mon père avant qu'il n'ait eu l'idée ingénieuse de me promettre à Ludovico Foscari, hein ? lui retourna-t-elle d'une voix plus cuisante. Tu ne t'es pas dit, un seul instant, que je pouvais également être amoureuse de toi ? Que c'est entre tes bras que je veux connaître l'amour et que ce sont tes enfants que je rêve de porter ? Ou alors, tu es bien trop obnubilé par tes ambitions guerrières et ta folie des grandeurs pour te préoccuper de moi et de mes sentiments ?

En parlant, elle s'était rapprochée de lui pour pointer un index accusateur contre sa poitrine virile.

— Tu ne m'aimes pas à la folie, Baldassarre. Ce que tu aimes éperdument, c'est l'aventure, le risque et l'idée de devenir un jour aussi puissant que tous ces condottieri sanguinaires auxquels tu voues une admiration sans bornes !

Même si sa colère était légitime, le jeune homme fut très froissé par ses propos et d'une voix faussement calme, il répliqua :

— Mon propre père a fait savoir au tien qu'une union entre nous deux ne serait pas avantageuse pour ta famille et qu'il fallait te marier au fils des Foscari pour élargir vos horizons. J'ai entendu leur conversation il y a six mois et, crois-moi, même si j'avais fait ma demande, nos deux pères auraient refusé, juste pour une question de profits. Nous vivons dans un monde où les gains et les honneurs sont plus importants que l'amour, Bea.

— Je pensais que les héritiers des marchands, aussi riches soient-ils, avaient plus de chance d'être heureux en mariage que les aristocrates. Apparemment non, nous sommes dans le même panier, sauf pour la distinction…

Son ton s'était fait moins puissant, mais résonnait toujours d'écœurement. Car oui, elle ressentait du dégoût pour la société dans laquelle ils vivaient tous, régie par les apparences, les titres de noblesse, la violence et l'argent. Comme beaucoup d'autres avant elle, Beatrice allait devoir sacrifier ses rêves d'adolescente pour épouser un homme qu'elle n'aimait pas, pendant que son ami de toujours, son amour défendu, parcourrai les champs de bataille en quête de victoire et de gloire. Si jamais il ne mourrait pas prématurément…

— Je ne veux pas que nous nous quittions tristes et pleins de rancœur, Bea, dit-il, après un autre silence lourd de tension et de révélations étouffées. Je veux emporter ton sourire et ta bonne humeur avec moi.

Un petit reniflement échappa à la jeune femme, comme si elle réprimait un sanglot, et tout en tapant du pied, elle releva la tête vers la sienne pour nouer leurs regards.

— Je suis désolée, Baldo, mais je n'ai pas le cœur à sourire alors que tu vas te jeter dans les bras de la Mort en me laissant seule ici, bientôt prisonnière d'une famille que je connais à peine.

Il contint de justesse un soupir d'exaspération. Beatrice pouvait être une vraie tête de mule quand elle le voulait.

— Bien… quittons-nous tristes et fâchés alors, dit-il en se reculant de deux pas pour échapper à son index accusateur et mieux envelopper son visage des yeux.

Même assaillie par de sombres sentiments, la jeune femme gardait sa beauté époustouflante. D'ailleurs, la moue qu'elle arborait en l'observant était irrésistible et il dut mordre l'intérieur de sa joue pour ne pas sourire de tendresse et ainsi briser l'austérité de son faciès. Non, il fallait qu'il gardât son sérieux pour atteindre son objectif, celui de l'émouvoir et de lui faire adopter une autre attitude.

— Tu seras toujours dans mon cœur, Bea. J'espère que tu penseras à moi de temps en temps.

Elle esquissa un hochement de tête en guise de réponse. Puis, le cœur battant la chamade, Baldassarre tourna les talons pour s'éloigner d'elle et atteindre la sortie des arènes. Ils n'étaient pas venus seuls dans le site antique, car Gianni, le grand gaillard muet qui servait de chaperon à l'adolescente, les avait accompagnés dans leur promenade et les observait au loin, assis sur l'une des marches de l'amphithéâtre romain.

Le jeune homme entendait les bruits de ses pas se répercuter dans ses oreilles à mesure qu'il s'éloignait d'elle et n'osait plus se retourner pour la regarder. En règle générale, quand ils se disputaient et qu'elle s'opposait à lui dans un silence offusquant, il faisait mine de partir en attendant d'être rattrapé… mais là, ferait-elle ce dernier pas ? La gravité de la situation ne l'avait-elle pas figée dans sa colère ?

Mon Dieu, Bea, ne me laisse pas partir comme ça…

Il commençait à perdre espoir, les dents serrées et luttant contre l'envie folle de rebrousser chemin pour la supplier de lui pardonner quand, tout à coup, sa belle voix autoritaire heurta son dos :

— Arrête-toi !

Baldassarre n'attendait que cet ordre et tourna aussitôt sur ses talons pour la voir courir dans sa direction, ses boucles sombres voletant derrière elle comme un étendard glorieux. Là, le jeune homme sentit son cœur partir au galop et, bientôt, ce furent ses jambes qui l'entraînèrent à toute vitesse vers elle pour la réceptionner telle une comète brûlante entre ses bras vigoureux. Le contact de leurs deux corps chauds et frémissants les enflamma et, dans un élan passionné, il encadra son visage de ses grandes mains pour souder leurs deux bouches avides. Ce baiser d'amour désespéré, d'une intensité presque douloureuse, leur donna le vertige en faisant pousser dans leurs reins les graines d'un désir si ancien et neuf à la fois. Combien de temps avaient-ils résisté à cet appel sensuel, à cette étreinte amoureuse ? Une éternité…

Pourtant, si c'était bien la première fois qu'ils s'embrassaient, ce baiser avait une saveur familière, rassurante, qui leur donna l'impression d'être nés pour cela. Mais en même temps, il avait un goût d'inédit, comme s'ils avalaient dans leur gorge les éclats de la lune et du soleil à la fois.

— Ne me quitte pas, Baldo… je t'en supplie…, le pria-t-elle entre deux baisers langoureux et mouillés de ses larmes incoercibles.

Le jeune homme sentit son nez le piquer, alors qu'il luttait contre l'envie de pleurer en écrasant plus violemment sa bouche contre la sienne.

Sois fort. Pour elle, pour toi.

— Je suis désolé, Beatrice… mon amour… tu dois me laisser partir.

Il y eut un sanglot pendant qu'il s'obligeait à se détacher de ses lèvres et de son corps, le cœur écorché et les yeux embués de larmes brûlantes. Elle ne résista pas très longtemps, certainement résignée par leurs sorts.

— Promets-moi de ne pas mourir, lui dit-elle quand il s'éloigna enfin, ses grandes mains écrasant aussitôt les larmes qu'il n'avait su retenir.

Baldassarre prit une profonde inspiration, luttant vainement contre la tristesse qui le submergeait, puis parla :

— Je te le promets, Beatrice.

L'instant d'après, sur un dernier regard humide, il lui tourna le dos et s'éloigna à pas précipités en la laissant seule au milieu des arènes de Vérone.

1

Printemps 1454
Vérone, Italie

La curiosité de Beatrice était si forte qu'elle ne parvenait pas à dormir à fermer l'œil de la nuit. Depuis quelques heures déjà, son esprit était accaparé par le petit coffre richement décoré qu'un homme au visage peu engageant avait remis à son époux dans l'après-midi. Fine observatrice, elle avait remarqué le regard singulier que Ludovico portait sur ce coffre et, quand elle avait tenté de lui soutirer une quelconque information, par des questions détournées, elle s'était heurtée à un silence exaspérant.

C'était la raison pour laquelle la belle Véronaise s'était décidée à trouver la réponse toute seule. Dans un mouvement silencieux, elle se redressa sur sa couche, puis décocha un coup d'œil à la silhouette étendue à sa droite. Langée dans des draps de coton blanc, la douce et jeune Bianca dormait sur le dos, les bras parfaitement étendus le long de ses flancs, prompte à réagir en cas d'intrusion nocturne. Depuis que Beatrice avait perdu son garçon de trois ans d'une maladie incurable, il y avait de cela un an, sa belle-fille mettait un point d'honneur à monter la garde auprès d'elle, se contentant désormais d'un repos léger.

Discrètement, Beatrice quitta le lit, mit de l'ordre dans sa chemise de nuit blanche, puis saisit sur la table de chevet une chandelle, qu'elle alluma avec un bout de suif.

— Mère, où vas-tu ?

La voix encore enfantine de Bianca, qui n'avait que douze ans, s'éleva telle une brise jusqu'à Beatrice et celle-ci se tourna dans sa direction pour lui murmurer, rassurante :

— Pas très loin, ma chérie. Dors, je serai là à ton réveil.

Aussitôt, la jeune fille aux longs cheveux mordorés retomba dans les bras de Morphée et la maîtresse de maison put quitter la pièce sans attendre. En premier lieu, elle déboucha sur le *cortile* du palais, dans lequel elle vivait depuis sept ans, faiblement éclairé par les candélabres fixés aux murs et par la pluie de lumière opaline que déversait la lune dans le *patio*. À cette heure avancée de la nuit, les corridors abritaient plusieurs convives somnolents, trop ivres pour atteindre les chambres qui leur étaient destinées, tandis qu'au loin, dans la salle de réception, résonnaient encore la musique et les rires des noceurs endurcis.

Grand amateur d'agapes, Ludovico Foscari, le richissime marchand auquel elle était liée devant Dieu et les hommes depuis ses dix-sept ans, avait coutume de recevoir ses amis une fois par semaine. En tendant l'oreille, Beatrice subodora la présence de son époux parmi eux, ainsi que celle d'Alvise Petroia, un bellâtre ambitieux qui exerçait une forte emprise sur la raison, mais aussi sur les sens du maître des lieux. Si l'homosexualité, que l'on désignait de manière plus poétique par « amour grec », était proscrite dans la société catholique italienne du XVe siècle, conduisant souvent à la peine de mort, certains s'y adonnaient discrètement en parvenant à échapper aux autorités religieuses.

Beatrice avait compris que son époux nourrissait ce genre de penchant sexuel, même si elle ne l'avait encore jamais pris sur le fait. C'était seulement son instinct féminin qui le lui soufflait.

Comme la jeune femme avançait vers le studiolo de son époux, un cabinet d'études indispensable pour tout homme nanti, dans lequel il collectionnait des objets de curiosité, la voix d'Alvise résonna au loin et elle ne put réprimer une moue de dégoût en songeant à ce vaurien qui lui inspirait une haine viscérale. Dès l'instant où cet homme avait fait son irruption dans la famille Foscari, une épée de Damoclès s'était comme établie au-dessus de sa tête et de celle de Bianca. En seulement un an, il avait changé son époux. Ce dernier n'avait jamais été vraiment proche d'elle, mais s'était toujours montré respectueux par le passé, jusqu'à l'arrivée de cet ami étrange.

Il ne fallut guère de temps à Beatrice pour atteindre le fameux *studiolo*. Une fois assurée qu'il n'y avait personne à l'intérieur, elle commença son inspection du bout de sa chandelle, caressant de la faible lumière les endroits susceptibles de dissimuler le coffret recherché. Après une poignée de minutes, elle crut l'apercevoir entre plusieurs ouvrages de la bibliothèque, mais ne put s'en assurer, car des bruits de pas se firent soudain entendre dans le couloir en se rapprochant de son emplacement.

Oh non !

Elle souffla aussitôt sur sa bougie et courut se tapir derrière la lourde tenture bleue qui couvrait la totalité d'un mur. Si son époux la découvrait ici, il la battrait fiévreusement à l'aide de sa férule, comme il l'avait fait quelques mois plus tôt lorsqu'elle s'était interposée dans une altercation entre Bianca et lui.

La porte du cabinet s'ouvrit l'instant d'après sur deux hommes.

— *Messer* Ludovico a caché le coffret sous une dalle de la cheminée, renseigna l'un des domestiques, en l'occurrence Mario, le valet du maître des lieux.

— Donne-le-moi.

Beatrice frissonna derrière la lourde tenture en identifiant la voix vipérine d'Alvise et son esprit fut soudain en proie à de multiples questions. Pourquoi donc venait-il chercher le coffret ? Son mari y aurait-il caché de l'argent, des pierres précieuses, des documents de haute importance ?

Tout à coup, un crissement de pierre se répercuta tel un râle sinistre contre les murs du *studiolo*, et un mauvais pressentiment, une menace invisible, s'empara étrangement de la jeune femme, comme si l'objet que contenait ce coffret pouvait représenter un danger pour elle.

— Penses-tu que ce sera efficace ? demanda bientôt Alvise.

— C'est de la Cantarella, un poison infaillible, sous l'effet duquel le corps humain ne peut pas combattre. Personne n'y résiste.

Un silence de plomb s'installa dans la pièce durant quelques secondes.

— Si personne n'y résiste, cette putain de Beatrice succombera donc une fois qu'elle en aura bu.

Putain de Beatrice ? Quoi ?

— Tout à fait.

— Le festin au bal des Monteverdi, dans deux jours, sera l'occasion parfaite. Les Monteverdi ont toujours été les grands rivaux des Foscari, même s'ils cherchent un semblant de paix depuis quelques mois… Si nous empoisonnons Beatrice au cours de ce festin, nous pourrons ensuite les accuser de l'avoir tuée pour affaiblir notre famille, et ainsi mener une vendetta contre eux. La mort de cette femme serait le prétexte idéal pour éliminer les Monteverdi et faire des Foscari les seuls maîtres de Vérone… Sans oublier qu'elle laisserait la place à une autre épouse bien plus malléable et dotée d'un titre de noblesse qui soulignerait la puissance des Foscari. Car, il ne leur manque plus qu'un blason prestigieux.

Quel fils de catin !

Un cri d'effroi manqua de franchir les lèvres de Beatrice, mais son instinct de survie lui intima le silence. En réalité, elle était figée de stupeur et semblait s'être fondue dans la pierre contre laquelle son corps s'appuyait.

Cette scène était-elle réelle ou était-elle en proie à un cauchemar ?

— Garde la fiole de Cantarella sur toi, Mario. Il ne faudrait pas que la maîtresse de maison tombe dessus avant ce fameux repas. Si tu accomplis cette besogne en gardant le secret, crois-moi, tu seras généreusement récompensé. A contrario, ta femme et toi serez torturés jusqu'à ce que vous trépassiez. Suis-je bien clair ?

— Très clair.

L'instant d'après, la porte du *studiolo* se referma sur les deux hommes, désormais dans le corridor, et Beatrice se retrouva de nouveau seule dans l'obscurité, totalement pétrifiée par l'horreur et l'aversion qui l'enivraient. Elle ne respirait plus, mais haletait sous l'effet de la peur et la brutale montée de haine. Oui, elle tremblait d'un instinct meurtrier jusqu'ici insoupçonné. Son front était fiévreux, son cœur cognait dans sa poitrine tel un démon enchaîné aux flammes, tandis que les jointures de ses mains blanchissaient sous la force des crispations. Elle pensa s'évanouir de rage et d'anxiété mêlées, mais se ressaisit instantanément, dorénavant habitée par un sang-froid diabolique.

Si quelqu'un devait rejoindre le Royaume des Morts, le soir du bal, ce ne serait certainement pas elle.

Non, vous ne vous débarrasserez pas de moi ainsi...

* * *

Quelques heures plus tard, à l'aube

Baldassarre se réveilla brusquement en se redressant sur sa couche, embrumé par les traces encore vives d'un mauvais rêve. Son front était brûlant, sa chemise humide et ses yeux cernés de fatigue. Depuis combien de temps n'avait-il pas connu de nuit entière, reposante ? Des années, peut-être...

Le regard dans le vague, il chercha un quelconque réconfort dans la chambre immense qu'on lui avait attribuée depuis qu'il était revenu à Vérone, sa ville natale, mais n'en trouva aucun. De toute évidence, qu'est-ce qui pouvait bien le réconforter maintenant que l'angoisse et la solitude l'habitaient depuis qu'il avait appris le décès de ses parents ? Cela faisait trois mois qu'ils n'étaient plus de ce monde, et depuis qu'il avait appris cette triste nouvelle la veille, la culpabilité le rongeait tout entier. Pourquoi les avait-il tous abandonnés ? Pourquoi s'était-il volontairement égaré dans les tourments de la guerre alors qu'il avait une famille, une situation stable et un amour ici, dans cette ville qui l'avait vu naître ? Sa terrible ambition et son désir de reconnaissance lui étaient-ils montés à la tête, au point de négliger toutes les personnes qui comptaient vraiment pour lui ?

Malheureusement, oui.

Et le pire était qu'il n'avait pas vraiment donné de nouvelles ces dernières années, si bien que tout le monde avait fini par croire qu'il avait trouvé la mort sur un champ de bataille, au sud de la péninsule italienne. Un peu plus tôt dans la soirée, l'un de ses frères aînés lui avait avoué que ses parents n'avaient jamais cessé de prier pour lui durant ces sept longues années d'absence, pendant qu'il répandait la mort sur son chemin, s'encanaillait avec ses hommes et traînait de lupanar en lupanar.

Tu n'es qu'un bon à rien..., se dit-il mentalement, en se rallongeant sur le lit qui appartenait autrefois à ses parents.

En effet, depuis la rumeur de sa mort, les appartements qu'il occupait jadis dans le palais de son père avaient été attribués aux fils de son grand frère, et il n'avait récupéré la chambre parentale qu'à titre provisoire. Son retour n'avait pas été particulièrement bien accueilli par ses trois frères aînés, et il ne devrait pas tarder à repartir d'ici. La vieille rancœur qui écartelait sa fratrie était si profonde qu'il était désormais impossible de revenir à l'époque de leur enfance. Heureusement qu'il s'était forgé sa propre fortune au cours des dernières années de guerres.

Le plus âgé de ses frères, qui était désormais le propriétaire du palais et le maître absolu dans des affaires familiales, l'avait informé qu'il n'était pas cité dans le testament de leur père, étant donné qu'il le croyait mort. Néanmoins, leur mère l'avait mentionné par symbolisme et lui avait légué une grande propriété fermière près de Spolète, en Ombrie, d'où elle était originaire.

Grâce à la générosité de sa défunte mère, il avait désormais une propriété, même s'il ignorait l'état dans lequel il la trouverait. À vrai dire, cela lui importait peu. Il avait seulement besoin de se recueillir sur le sépulcre de ses parents, établi dans l'une des chapelles privées de la basilique San Zeno.

Après avoir fait une toilette, et s'être vêtu tout de noir, comme il avait coutume de l'être, il dirigea sa monture dans les rues menant à la grande basilique, sous un ciel strié par les couleurs matinales. La cité n'était pas tout à fait réveillée et il était agréable de circuler sans la présence des gens. En chemin, il était passé devant le palais des Foscari, et le visage de Beatrice s'était brutalement imposé à son esprit. En réalité, elle n'avait jamais déserté ses pensées depuis le jour où ils s'étaient quittés dans les arènes de la ville, même lorsqu'il se perdait dans les bras d'une autre femme.

Son simple souvenir suffisait à enhardir son cœur endurci et à ramollir ses jambes. S'ils ne s'étaient pas vus depuis sept ans, les sentiments qu'il éprouvait à son égard demeuraient immuables. Il l'aimait toujours et était persuadé de ne pouvoir aimer qu'elle jusqu'à la fin de son existence.

Comme je voudrais que tu sois avec moi, Bea...

Une fois qu'il fut arrivé sur la *piazza* San Zeno, la basilique romane se dressa devant ses yeux tel un refuge familier. C'était entre ses murs saints qu'il avait reçu le baptême, et vu pour la première fois la petite Beatrice si turbulente à l'époque. Non sans esquisser un sourire nostalgique au souvenir de leur première rencontre (elle avait refusé l'eucharistie et s'était précipitée vers la sortie de l'édifice en le bousculant au passage et en faisant tomber son petit chapelet de nacre, qu'il avait ramassé pour le lui rendre), il descendit de sa monture, l'attacha non loin des marches, puis pénétra dans l'édifice. Il y avait pléthore de cierges allumés, et quelques croyants agenouillés, noyés dans leurs prières.

Baldassarre se signa, les belles arcades durant un moment, puis d'une allure lente, s'orienta vers la petite chapelle familiale. Là apparurent les deux gisants en marbre blanc de ses parents. Le souffle soudain court et les jambes devenues aussi molles que du coton, il dut se retenir contre le mur adjacent pour ne pas flancher.

— Mère, Père, je suis terriblement navré pour mon ingratitude. Je vous en prie, pardonnez-moi…

Mais les deux gisants restèrent immobiles, silencieux. Lui, l'homme de guerre intrépide et vaillant, qui avait brandi son épée sans relâche dans les combats les plus rudes et mis à terre des centaines de guerriers, se sentait désormais misérable et fragile, orphelin de parents, d'amour…

— Mon Dieu, pardonnez-moi pour tout.

Derrière sa carapace d'acier, il n'attendait plus qu'un rayon de bienveillance, de réconfort, juste un signe pour lui prouver qu'on ne l'avait pas totalement abandonné.

2

Les yeux écarquillés de stupeur et le cœur cognant avec une telle violence dans sa poitrine qu'elle crut y abriter un tigre nerveux, Beatrice observait le corps étendu à ses pieds. Plus aucun souffle de vie n'animait ce félon de Mario, le valet qu'Alvise avait sollicité dans la nuit pour l'empoisonner au cours du bal. Le sang de l'homme s'épanchait sur le sol froid et mouillé depuis l'entaille qu'un poignard avait creusé dans son cou, tout en s'insinuant entre les interstices des dalles jusqu'aux souliers de la bourgeoise. Avec précaution, celle-ci recula pour éviter d'être souillée et heurta le mur de la venelle où elle avait piégé le traître, en compagnie de son fidèle garde du corps, Gianni, le grand gaillard muet qui assurait sa sécurité depuis l'enfance.

Mon Dieu...

Alors qu'ils continuaient d'observer le cadavre, des voix se firent soudain entendre en se rapprochant dangereusement de leur emplacement. Apeurés d'être pris sur le fait, Beatrice et son serviteur s'empressèrent de contourner le corps sans vie et de fuir en direction de la basilique San Zeno. Par chance, il s'était mis à pleuvoir fortement et les quelques passants qui circulaient dans les rues de Vérone ne leur prêtèrent aucune attention. Il fallait dire qu'aux côtés du robuste Gianni, la jeune femme se faisait très discrète dans son costume de garçon, emmitouflée de la tête aux pieds par une épaisse cape de laine noire, sa chevelure sous une immense capuche.

Qu'avons-nous fait ? Nous venons de tuer quelqu'un... mais c'était une question de vie ou de mort.

Il ne leur fallut qu'une poignée de minutes pour atteindre le parvis de l'édifice roman, si écrasant qu'il ressemblait à un juge omnipotent et implacable, prêt à condamner leur homicide en les envoyant dans les flammes de l'Enfer.

D'un œil aussi humide que le ciel capricieux, Beatrice contempla le bâtiment religieux avec appréhension, l'estomac tordu par la peur et les remords, même s'il s'agissait là de son ultime refuge.

Courage !

Après s'être assurée que personne ne les avait suivis jusqu'ici, Beatrice s'éloigna de Gianni pour pénétrer dans la basilique, bientôt suivie par son garde du corps. Un souffle d'espoir la caressa à la vue des centaines de cierges qui brûlaient autour des fidèles venus implorer Dieu, en instaurant une atmosphère spirituelle, mystique et chaleureuse. Peu à peu, la fièvre vengeresse qui l'avait nourrie jusqu'au fiel s'estompa en emportant avec elle ses craintes morales. La jeune femme osa même découvrir sa charmante tête en rabattant sa capuche de laine sur ses épaules, mais garda toutefois son couvre-chef afin de dissimuler ses longues boucles brunes aux yeux des autres.

Bientôt, ses doigts fins plongèrent dans le bassin d'eau bénite, qui, au lieu de la brûler après le meurtre comme elle l'aurait cru, parut rasséréner sa peau froide.

C'était pour me protéger... si je n'avais pas préparé son meurtre, il m'aurait tuée.

Tout en se rassurant avec quelques paroles sensées, elle se signa en regardant l'autel édifié quelques mètres plus loin, puis remarqua une statue de la Vierge à sa droite. Depuis toujours, Beatrice la considérait comme sa protectrice, sa mère spirituelle, l'image même de la femme qu'elle aimerait être, mais qu'elle ne serait jamais.

Comment pouvait-elle être une sainte si ses mains étaient souillées de sang ? Comment pouvait-elle se racheter et empêcher son âme de périr dans les flammes de l'Enfer ? Et pire encore, comment pourrait-elle encore vivre en sécurité avec sa tendre Bianca au sein d'une maison où dormaient ses ennemis ? D'ici quelques heures, le meurtre de Mario retentira dans tout Vérone et, tôt au tard, Alvise et son mari trouveraient le moyen de l'éliminer.

Je dois partir. Avec Bianca. Mais comment ? Avec quel argent ? Mon père ne me croirait pas si je lui racontais toute cette affaire ? Rompre l'alliance avec Ludovico aurait des répercussions terribles sur ses affaires... je dois trouver une solution.

Des solutions, elle tentait d'en trouver depuis cette nuit, car si tuer Mario lui avait permis de se débarrasser d'un pion, cela ne signifiait pas qu'elle avait atteint le roi ennemi et son fou. Non, la partie d'échecs était encore tendue et à son désavantage...

D'un pas nerveux, presque vacillant, elle s'orienta vers la statue de la Vierge, s'agenouilla devant elle et alluma une bougie à l'aide de celles qui flambaient déjà sur le porte-cierge en métal. Elle sortit également de sa bourse un mouchoir de coton blanc, monogrammé aux initiales de son cher Baldassarre Torelli, qu'elle n'avait plus revu depuis des années et que l'on disait mort au combat quelques mois plus tôt.

En exhalant un soupir de désespoir, que lui tira le souvenir désormais si lointain de l'homme qu'elle n'avait jamais cessé d'aimer et d'appeler dans ses torrents de larmes, la belle bourgeoise s'épongea le front avec le mouchoir, en apprécia la caresse, puis joignit ses mains en signe de prière. Enfin, le menton grelottant sous la montée irrépressible de sanglots, elle murmura avec repentance :

— Ô, Santa Maria, mère de Dieu, pardonne-moi pour mes péchés et aide-moi... aide-moi à survivre après ce que je viens de faire... montre-moi le chemin de la rédemption, de l'espoir et de la paix... toi seule peux me guider...

Elle poursuivit ses oraisons, les yeux luisants et hypnotisés par la flamme de son cierge, lorsque soudain un léger courant d'air magnétique, étrange, parsema une traînée de frissons sous sa peau en l'obligeant à regarder vers la droite. Ses yeux accrochèrent instantanément la grande silhouette noire d'un homme agenouillé, aux cheveux sombres qui tombaient jusque sur ses épaules. Pendant quelques secondes, elle étudia cet étranger, les sourcils froncés sous un front agité par la réflexion. Elle ne le voyait que de dos, pourtant elle avait l'impression de l'avoir déjà vu, mais où et quand ?

Difficile de s'en souvenir, surtout sous cet éclairage tamisé et dans cette position.

On dirait un client de mon père...

Attirée par cet inconnu de manière irrémédiable, Beatrice se redressa sans plus se poser de question et s'éloigna de la Vierge pour se rapprocher de lui, en proie à une immense curiosité. Elle remit sa capuche afin de ne pas être reconnue. Bientôt, elle vit les deux gisants devant lesquels l'homme était agenouillé et son sang ne fit qu'un tour dès la seconde où elle les identifia.

Les parents de Baldassarre...

Ses pensées se figèrent dans son esprit quand ses yeux passèrent de nouveau des gisants marmoréens à l'homme agenouillé à ses côtés, dont elle voyait désormais le profil net et viril, comme s'il avait été sculpté au sabre dans de la roche volcanique. Il avait le nez fort et régulier, la bouche charnue à souhait et cette mâchoire carrée, qui paraissait si puissante…

Baldassarre ? Est-ce possible ?

Depuis combien de temps ne l'avait-elle pas approché ? Depuis combien d'années n'avait-elle pas entendu le son de sa voix, senti le parfum de sa peau ? Tout le monde le disait mort, effacé de la surface terrestre… ! Elle n'en croyait pas ses yeux. Pourtant, il était là, tout près d'elle, perdu dans ses prières. Était-elle prise d'une hallucination ou était-il bel et bien revenu du royaume des Morts ?

Le cœur à l'arrêt, les mains crispées sur le mouchoir mouillé qu'il lui avait donné une dizaine d'années plus tôt et les jambes flageolantes, Beatrice se laissa tomber à genoux à ses côtés, sa cape formant un halo noir autour d'elle.

Égaré dans la spirale de ses souvenirs, Baldassarre revoyait les adieux échangés avec sa mère, qui avait eu énormément de peine à le laisser partir. Il ressassait également les paroles impitoyables échangées avec son père lorsqu'il lui avait annoncé sa volonté d'aller à la guerre, et de se tailler une réputation et une fortune par les armes. Il revivait en esprit les mauvais souvenirs, tout en souhaitant se trouver à mille lieues de cette basilique qui le ramenait à la cruelle réalité. Heureusement qu'au loin, dans la pénombre de l'édifice religieux, les chants d'un chœur d'hommes d'Église se faisaient entendre, et apaisaient son âme meurtrie.

Il est temps de partir pour Orvieto…

Alors que le guerrier tentait de recouvrer ses esprits en adressant un ultime adieu à ses parents, une présence le dérangea en se matérialisant à ses côtés. Il n'avait pas le cœur à la charité et s'apprêtait déjà à repousser le mendiant quand, tout à coup, un détail le perturba. Un parfum poudré de fleurs fraîches chatouilla soudain son nez et, avant même qu'il n'eût le temps de faire quoi que ce soit, une voix chaude et féminine sortit de la semi-obscurité pour lui demander :

— Dis-moi, Baldo, es-tu un rêve ou une réalité ?

Cette voix, ce parfum...

Un sac de plomb sembla tomber au fond de son ventre tant la surprise lui coupa le souffle. Combien de nuits avait-il été hanté par le souvenir de Beatrice, sa confidente, son amie, son amour... ? Ils avaient échangé quelques lettres les premières années suivant son départ, mais lorsqu'elle lui avait annoncé sa grossesse cinq ans plus tôt, il avait cessé de lui écrire. Par jalousie, par douleur, par lâcheté. La savoir inaccessible, épouse d'un autre homme et mère d'un enfant qui n'était pas le sien l'avaient torturé à un point tel, qu'il avait décidé de couper définitivement les ponts pour ne plus souffrir.

Aujourd'hui, il regrettait cette attitude immature. Il s'en voulait de lui avoir imposé ce silence offensant, d'avoir essayé de l'effacer de son esprit, alors même que sa simple présence et la vue de son visage le mettaient à genoux.

Mon Dieu, qu'elle était désespérément belle...

La capuche dissimulait le haut de son crâne, mais révélait par contraste la beauté de son visage inchangé, de son teint d'opale, de ses yeux romantiques.

— Je suis revenu, Bea.

Ces mots eurent la résonance de cloches d'église.

Baldassarre était bel et bien de retour.

Comme si ses sept dernières années de silence n'avaient jamais existé, Baldassarre se rapprocha un peu plus de celle qui était désormais une épouse et une mère, et ses doigts vinrent effleurer sa joue rose et fraîche. Il mourait d'envie de la prendre dans ses bras, de l'étouffer contre lui, mais il n'osait pas. La stupeur qu'il lisait dans son regard bleu clair le réfrénait dans ses élans d'amour et de désespoir.

— Tant d'années se sont écoulées sans que nous ne nous soyons vus, pourtant, tu n'as pas changé, Bea. Tu es même encore plus belle que dans mes souvenirs.

Elle savoura sa phrase en même temps que sa peau frissonnait de délice sous les caresses de ses doigts.

— Pardonne-moi d'avoir cessé de t'écrire, mais j'étais incapable de lire ce que tu vivais sans moi… je sais que c'était très immature de ma part et que cela m'a énormément coûté… mon égoïsme et ma lâcheté ont gâché toutes mes relations avec les êtres qui m'étaient le plus chers au monde.

Et malgré tout, Beatrice se trouvait à ses côtés, pareille à un ange réconfortant et miséricordieux, que le Seigneur lui aurait envoyé pour calmer ses peines et raviver les flammes de leur jeune amour, que la distance et l'absence n'avaient pas réussi à éteindre.

Baldassarre continuait à parler, mais l'un des moines à proximité leur rappela d'un geste de la main sur la bouche qu'il devait baisser d'un ton, car sa voix dérangeait les fidèles dans leur recueillement. Aussi, le guerrier adopta une voix plus basse et douce, qui fit frémir le duvet sur la nuque de son interlocutrice.

— Lorsque j'étais sur le champ de bataille, ton visage s'imposait toujours à mon esprit. Je voulais que tu sois mon dernier souvenir dans le cas où je trépasserais. Et pour me donner du courage, je me remémorais nos jeux, nos promenades en forêt, nos moments de tendresse. Mille fois, je rêvais de revenir à l'époque de notre enfance alors que mes sens étaient obstrués par la guerre et ses atrocités... Tu m'as tellement manquée, Bea.

Profondément émue, Beatrice buvait ses mots comme on boit un remède contre la tristesse, et sans réfléchir aux quelques croyants qui pouvaient les voir, elle tendit le bras dans sa direction pour capturer l'autre main qui ne lui caressait pas le visage, puis la pressa avec force en la portant à son cœur, contre sa poitrine.

Il la laissa faire et regarda ses lèvres remuer quand elle parla enfin :

— Si j'avais su que nous resterions éloignés l'un de l'autre aussi longtemps, je t'aurais enfermé à double tour dans mon donjon pour te garder auprès de moi. D'après mes souvenirs, c'est un moyen plutôt efficace.

La jeune femme évoquait là le jour où elle l'avait retenu prisonnier dans sa salle de jeux pour l'empêcher de provoquer en duel un gaillard qui lui avait manqué de respect. Si ce souvenir dessina sur ses lèvres un mince sourire, elle le perdit aussitôt en reportant son regard sur les gisants en marbre qui leur faisaient face.

— Je suis désolée pour tes parents, Baldo, et triste que tu n'aies pas eu le temps de les revoir une dernière fois. Mais ne regrette rien, car en nous quittant, tu rejoignais ton destin pour écrire un chapitre de ta vie. C'était nécessaire, même si tu as dû sacrifier tant de choses en retour... L'important est que tu sois bel et bien vivant, et désormais de retour parmi nous.

— Bea, je suis revenu pour mieux repartir. Je quitte Vérone demain.

— Comment ? Si vite ? Je viens tout juste de te retrouver !

— Oui, mais je vais devoir te laisser à ton mari, à ton enfant et…

— Mon fils est mort il y a trois ans et mon mari tente de m'assassiner, le coupa-t-elle en haussant le ton, d'une voix qui claqua aussi sèchement qu'un coup de fouet.

Le *condottiere* se pétrifia en suspendant ses caresses sur la joue de la jeune femme et la dévisagea avec un mélange d'hébétude et d'horreur au fond des yeux. Beatrice avait perdu son enfant ? Son mari voulait l'assassiner ? Avait-il bien entendu ?

— Tu… tu es sérieuse ?

Leur conversation était redevenue bruyante et attira de nouveau l'attention du moine sur eux. Sans attendre, ce dernier les rejoignit pour leur intimer un silence d'église. Les deux amis s'excusèrent en promettant d'être plus discrets, néanmoins, le regard austère, quasiment accusateur de l'homme de foi, procura à la jeune femme des frissons désagréables. Elle eut la terrible sensation d'être fouillée jusqu'aux tréfonds de son âme, d'être démasquée pour le crime qu'elle venait de commettre.

Calme-toi, Bea.

Mais lorsque le moine s'éloigna, un profond malaise s'empara d'elle et son visage perdit rapidement ses couleurs. Elle devint tout à coup si blême que son compagnon s'en inquiéta et se leva en l'entraînant avec lui pour la capturer dans ses bras et lui offrir son corps en guise de pilier.

— Mon Dieu, Bea, tu me fais peur… ce que tu viens de me révéler est très grave. Je ne peux plus te laisser rentrer chez toi alors que ton mari veut te tuer, lui murmura-t-il en cajolant son dos dans un geste de réconfort, ses lèvres effleurant le lobe de son oreille lorsqu'il parlait.

D'instinct, elle s'était laissé aller contre lui et savourait désormais sa chaleur protectrice. Qu'il était bon d'être ainsi nichée dans les bras de l'homme qu'elle avait aimé, qu'elle aimait encore sous le voile du secret !

— Baldo, je… j'ai tellement souffert en ton absence. Je souffre toujours… je viens de faire quelque chose d'irréparable, mais je n'avais pas le choix.

Ces chuchotis étaient aussi vaporeux et mystérieux que le souffle d'un spectre.

— Je suis là, désormais. Je ne quitterai pas Vérone sans te savoir en sécurité et heureuse.

Le retour miraculeux de son ami d'enfance était providentiel, autant que leurs retrouvailles inespérées dans la basilique San Zeno. Au moment où elle se croyait condamnée, voilà que l'homme en qui elle vouait une confiance absolue refaisait surface dans sa vie.

Faites que tu sois revenu pour me sauver, Baldo...

— Dis-moi pourquoi ton mari veut t'assassiner, insista-t-il en redressant la tête pour souder leurs deux regards, et la détresse qui se répandait dans l'océan de ses yeux bleus lui donna le tournis, puis une folle envie de meurtre.

Elle soupira à lui fendre l'âme, puis prit son courage à deux mains et lui chuchota :

— Mon mari est sous l'emprise d'un jeune ambitieux depuis la mort de notre fils, un dénommé Alvise Petroia. Je les soupçonne d'être amants. Cet homme lui a conseillé de m'empoisonner au bal des Monteverdi, demain soir, afin de les accuser de m'avoir tuée pour affaiblir la famille Foscari. Ma mort serait le *casus belli* d'une nouvelle guerre entre les deux familles et laisserait la place vacante pour accueillir une nouvelle épouse, une jeune aristocrate de préférence. Ils veulent me sacrifier par ambition et amour du pouvoir, sans évoquer le fait que ce serpent d'Alvise me déteste…

Si Baldassarre était accoutumé à la guerre, aux complots et aux trahisons, cette histoire lui coupa le souffle.

— Je… ne me juge pas, mais je viens de demander à Gianni de tuer le domestique qui était chargé de verser de la Cantarella dans mon plat…

Comment pourrait-il la juger alors qu'il avait passé au fil de son épée des centaines d'ennemis ?

La belle bourgeoise glissa une main dans la poche intérieure de sa cape à la fin de sa phrase et en sortit le flacon de poison, qu'il se mit à étudier d'un œil torve. Il dut se contrôler pour ne pas lui arracher le flacon des mains et le briser entre ses doigts rigides et nerveux. Comment pouvait-on songer à assassiner sa Beatrice, la seule pour qui il s'ouvrirait la poitrine dans le seul but de lui offrir son cœur encore palpitant ?

Je vais les tuer !

— Quand mon mari et son complice apprendront la mort de leur serviteur et la disparition de ce flacon, ils deviendront fous.

— Penses-tu qu'ils te soupçonneront ?

— Je ne sais pas…

— Donne-moi le flacon, je vais aller retrouver le fils des Monteverdi. S'il est l'ennemi de ton mari, il a toujours été notre ami à tous les deux. Je lui révélerai le complot et, ensemble, nous réfléchirons à un piège et à une solution pour te protéger. Ils vont devoir payer pour leur odieux dessein.

— Je comptais également prévenir les Monteverdi…

— Laisse-moi faire et occupe-toi de rentrer chez ton père en attendant le bal de demain.

— Non, il faut que je rentre chez moi, sinon ils vont soupçonner quelque chose, le contredit-elle, résignée.

L'agacement et l'angoisse enflèrent dans le ventre de Baldassarre, qui se mit à réfléchir de longues secondes avant de lui ordonner :

— Retourne chez ton mari pour faire mine de te préparer. Demande à Gianni de ne jamais te quitter. Ensuite, tu prétexteras une visite chez ton père, afin de t'éloigner au plus tôt de cette prison. Et lorsque l'heure de rentrer sonnera, tu te feras porter pâle pour ne pas retourner chez toi et ainsi, éviter le bal de demain soir.

— Ludovico serait capable de venir me chercher lui-même si je décide de me faire porter pâle pour ce bal.

— Même si tu es malade ?

— Oui.

Un soupir lourd de mauvais sentiments lui échappa.

— Très bien. Essaie de rester chez ton père jusqu'à demain matin au moins. Je ferai en sorte de t'y rejoindre pour que tu ne te retrouves pas toute seule, si jamais ton mari venait te chercher. Je veux lui faire comprendre que ta protection est assurée par un autre homme que Gianni ou ton père, et qu'il ne peut rien contre toi.

— Puisse cela être vrai.

— Fais-moi confiance. Plus rien ne me fait peur maintenant, surtout lorsqu'il s'agit d'assurer ta sécurité, Bea. Je ne laisserai personne toucher à l'un de tes cheveux, tu le sais ?

L'intensité de son regard sombre, d'un noir aussi pur que celui de l'onyx, fit naître une rougeur sur les joues de Bea, en lui donnant le vertige.

Combien de fois ces yeux l'avaient-ils visitée en rêve ? Combien de larmes avait-elle versées en espérant les revoir un jour ?

— Oui, je le sais, souffla-t-elle enfin. Le soleil va bientôt se lever totalement, Baldo. Je dois absolument rentrer chez moi avant qu'on ne me soupçonne.

Le guerrier ne voulait pas la lâcher aussi vite maintenant qu'il l'avait retrouvée, mais il se fit violence pour écouter sa raison et desserra doucement son étreinte. Elle lui manqua aussitôt lorsque leurs deux corps s'écartèrent l'un de l'autre.

— Sois prudente, Bea.

La jeune femme acquiesça d'un hochement de tête et s'apprêta à partir quand, tout à coup, elle parut se souvenir de quelque chose et se rapprocha une fois encore de lui pour se hisser sur la pointe des pieds et effleurer le coin de ses lèvres des siennes, avec tant de douceur qu'il crut sentir la caresse d'une plume sur sa peau.

— Tu m'as obsédée pendant sept ans, Baldassarre. J'ai cru mourir quand tout le monde criait ta mort dans les rues de Vérone, mais maintenant que tu es en vie, ne me quitte plus. Ou je ferai de ta vie un enfer, dit-elle d'une voix grave, aux inflexions tragiques.

Malgré la menace, une ombre de sourire plana sur les lèvres masculines et, sans même lui laisser le temps de répliquer, elle tourna les talons pour s'éloigner telle une damnée poursuivie par le diable. Il regarda sa cape voleter à sa suite, puis remarqua la présence de Gianni au loin, qui n'avait jamais cessé de les surveiller depuis l'entrée de la basilique.

Les deux hommes se saluèrent d'un hochement de tête respectueux.

Maintenant que Baldassarre avait retrouvé sa chère Beatrice, une force nouvelle circula dans ses veines et sa mélancolie se substitua peu à peu à son instinct protecteur. À son instinct de meurtrier.

Je te protégerai contre tous, Beatrice.

3

Beatrice rentra chez elle en catimini avec la lueur du matin, toujours escortée de Gianni. Ils s'étaient discrètement glissés dans la grande demeure des Foscari par une porte dissimulée, qui menait à un passage secret creusé sous les pierres du *palazzo* quelques centaines d'années plus tôt. Ils avaient choisi ce chemin pour ne pas emprunter la grande porte d'entrée, gardée par deux gardes farouchement dévoués au maître.

Lorsqu'ils regagnèrent l'intérieur du palais, ils remarquèrent le calme qui y régnait. C'était comme si tous ses habitants s'étaient volatilisés. Tant mieux, Beatrice n'avait pas besoin d'être repérée dans cette tenue masculine, cela aurait suscité le doute malgré les excuses qu'elle avait inventées en chemin pour justifier un tel accoutrement. Qui l'aurait réellement crue d'ailleurs ? Tous auraient aussitôt pensé à l'existence d'un amant et Gianni aurait été fouetté à mort pour complicité.

Ils se séparèrent en chemin et elle pénétra dans son immense chambre faiblement éclairée. Là, elle se précipita vers la cuve boisée remplie d'eau froide qui se trouvait derrière un paravent en bois sculpté, à proximité d'une cheminée où l'âtre brûlait ardemment. Elle se déshabilla en quelques mouvements, jeta ses vêtements d'emprunt dans le feu, ce qui nourrit davantage les flammes, puis plongea nue dans l'eau froide. D'ordinaire, la fraîcheur de l'eau la tétanisait, mais cette fois-ci, Beatrice avait tellement eu chaud à cause de l'appréhension et de la peur qu'elle lui parut délicieusement rafraîchissante. Un soupir d'aise lui échappa, puis elle attrapa le savon et la brosse posés sur le rebord de la cuve pour commencer à se laver, à dégraisser sa peau de son terrible péché.

— Sainte Mère de Dieu, pardonne-moi pour mon grand crime et mes pensées diaboliques. Pardonne-moi pour les péchés commis et ceux à venir, même si cela fut au nom de la justice et de la survie. Je sais que tu sauras lire dans mon cœur et que tu sauras juger mon âme avec justice et magnanimité…, pria la jeune femme à mi-voix, sans même se rendre compte de la présence de sa belle-fille sur son grand lit.

L'adolescente dormait toujours à poings fermés et ne paraissait pas avoir remarqué l'absence de sa belle-mère.

Un peu plus tard dans la matinée, la rumeur de la mort de Marco se répandrait dans toute la ville et son mari en deviendrait fou de rage, surtout s'il découvrait ensuite la disparition de la fiole. Il serait toutefois loin d'imaginer que son épouse était derrière cela. Beatrice devrait en retour simuler la stupéfaction et l'horreur, puis supplier son mari de rester à l'abri chez son père, en attendant qu'il levât le mystère sur ce meurtre ignoble. Ludovico se moquerait bien de savoir où vivrait sa femme, du moment qu'elle ne troublerait pas ses desseins jusqu'au lendemain soir. Il serait donc plutôt enclin à accepter sa requête.

Beatrice semblait satisfaite de son plan et reprit les frictions sur sa peau rougie par les caresses rudes de la brosse.

D'ici quelques heures, elle reverrait Baldassarre et c'était là sa raison de vivre désormais. Quel miracle que ces retrouvailles imprévisibles au sein de la basilique San Zeno ! C'était un signe du destin, la preuve même que la

Vierge était de son côté et qu'elle lui réservait un nouveau départ aux côtés de son âme sœur. Si cet homme était revenu d'entre les morts, c'était bel et bien pour la sauver et lui offrir la vie à laquelle elle aspirait depuis toujours. Maintenant qu'ils s'étaient retrouvés, plus rien ne pourrait les séparer.

Je n'attendais que toi, Baldo...

* * *

En fin de matinée

Baldassarre mit fébrilement pied à terre une fois qu'il fut devant le palais des Monteverdi. Il attacha son cheval à l'un des gros anneaux cloués au mur pierreux à l'intention des montures, puis se présenta devant les deux soldats gardant la grande porte d'entrée. S'il était issu d'une famille riche, le *condottiere* devait admettre que les Monteverdi avaient atteint un niveau d'opulence bien supérieur à celui de sa propre famille, depuis quelques années. On disait même qu'ils allaient être anoblis et cela n'était pas sans attirer la jalousie de leurs plus farouches détracteurs, notamment celle de Ludovico Foscari, l'époux de Beatrice.

Lorsque Baldassarre pénétra dans le magnifique *patio* du palais, un serviteur en livrée rouge vint à sa rencontre et lui demanda l'objet de sa visite.

— Dis à ton maître que Baldassarre Torelli souhaiterait s'entretenir avec lui.

Le serviteur s'éclipsa aussitôt et cela permit au visiteur d'admirer l'intérieur du palais, dont il n'avait oublié aucun détail. Autrefois, il venait y passer des journées entières en compagnie des frères Monteverdi et de Beatrice. Ils formaient ensemble un groupe d'amis inséparables et complices dans les bêtises enfantines. Alors que ses yeux couraient sur les moulures, les mosaïques et les statues gréco-romaines posées ci et là dans le grand vestibule pour servir de gardiennes muettes, il déroulait en pensées ses souvenirs d'enfance. Il se revoyait à douze ans, les yeux bandés par un foulard et marchant à l'aveugle pour attraper, entre ses bras encore frêles, l'impétueuse Beatrice.

C'était le temps de l'innocence.

— Baldo !

L'interpellé sursauta en pivotant sur ses talons pour regarder, vers le sommet d'un grand escalier en pierre derrière lui, la haute silhouette de Giacomo Monteverdi. Ce grand brun ténébreux, vêtu d'une longue robe de noble rouge sombre, portait sur son visage oblong un large sourire étincelant.

— Bon sang ! Je savais bien que tu avais survécu à toutes les épreuves que la vie t'a imposées ! Je n'ai jamais voulu croire en cette rumeur qui annonçait ton décès ! s'exclama l'hôte des lieux en dévalant avec rapidité les marches du bel escalier.

Bien vite, sa haute silhouette traversa le *patio* et ce fut à mi-chemin que les deux hommes se donnèrent une franche accolade. Giacomo était aussi grand que Baldassarre, mais bien plus svelte et élancé. Il n'avait rien de l'allure guerrière de son ami d'enfance, mais plutôt celle d'un richissime commerçant à l'hygiène de vie remarquable. Giacomo faisait très attention à son apparence, cela se devinait dans le choix de ses tenues et de ses bijoux, dans la netteté de sa barbe brune et la propreté de son visage régulier où deux yeux verts perçants brillaient tels deux joyaux.

Giacomo saisit le visage de Baldassarre entre ses mains baguées et l'observa avec force admiration et fierté, semblable à un aîné redécouvrant son prodigieux cadet.

— Je suis heureux de te revoir, mon ami ! On dit que tu as été un brave parmi les braves lors des batailles menées aux côtés du grand Federico da Montefeltro !

Toujours embarrassé par les louanges, Baldassarre arbora un mince sourire gêné et répliqua avec désinvolture :

— Oh, les gens exagèrent souvent, tu sais.

— Je ne crois pas. D'ailleurs, tu es toi-même *condottiere*. Tu as réalisé ton rêve d'enfant.

— En effet.

Giacomo relâcha son visage et s'écarta de deux pas pour mieux le dévisager, décelant ainsi les ridules que la guerre avait creusées au coin de ses yeux et sur son front aristocratique, mais surtout la lueur obscure dans le fond de ses yeux noirs. Cette fois-ci, sa bonhomie s'effaça au profit d'un sourcillement interrogateur et d'une voix plus grave, il renchérit :

— Tu as l'air bien préoccupé pour un guerrier en vacances.

Baldassarre soupira, navré de ternir la joie de leurs retrouvailles par la réalité accablante qui le hantait, mais il en allait de la survie de Beatrice et rien d'autre ne le concernait autant.

— Je suis heureux d'être revenu et de retrouver mes amis d'enfance, malheureusement mon retour s'accompagne de profondes préoccupations. Non seulement je suis venu te saluer, mon ami, mais je suis aussi venu t'avertir d'un terrible projet menaçant ta vie et celle de Beatrice Bartolo.

Les gros sourcils bruns de Giacomo se déformèrent de manière plus prononcée.

— Ta grande inquiétude me donne le vertige. Allons dans mon bureau, nous y serons mieux pour discuter.

L'instant d'après, Baldassarre suivait son ami jusqu'au *piano nobile*. En chemin, il remarqua la présence de nombreux vieux serviteurs qu'il connaissait depuis l'enfance et il les salua. Il vit aussi une jeune dame en robe jaune pastel, brune et petite de taille, qui s'était empressée de rebrousser chemin en croisant son regard. Le chef de guerre avait appris qu'il s'agissait-là de Margarita, l'épouse du plus jeune des Monteverdi, Massimo. Elle était timide et introvertie. Aller à la rencontre d'un étranger, sans y être préparée, était extrêmement difficile lorsqu'elle n'était accompagnée de personne. Ceci expliquait alors sa fuite vers ses appartements face au regard curieux que lui avait lancé le *condottiere*.

— Dis-moi, Giacomo, tu ne t'es pas encore marié ?

— Bientôt. Je suis fiancé à une comtesse de Florence.

— Rien que ça, commenta Baldassarre avec un sifflement admiratif.

— Ce n'est pas vraiment une beauté, mais elle est bien dotée et issue d'une grande lignée.

— Tu es un opportuniste né.

L'autre rit alors qu'ils continuaient à déambuler dans les vastes et beaux couloirs tendus de tapisseries religieuses et de portraits familiaux. Bientôt, ils trouvèrent le magnifique *studiolo* décoré avec un soin méticuleux, puis y entrèrent.

— Bon, maintenant nous pouvons parler de choses sérieuses, Baldo, lança Giacomo en fermant la porte derrière lui.

L'espace de quelques instants, le guerrier laissa son regard errer sur les objets insolites dénichés par son ami. Il se concentra un moment sur la maquette d'un galion vénitien, disposée majestueusement au sommet d'une commode en chêne, avant de jeter sans préambule :

— Je suis venu t'informer du plan que prépare Ludovico Foscari pour t'éliminer et ainsi, récupérer tout ce qui t'appartient.

Les yeux verts, si lumineux, se voilèrent de ressentiment. Il y eut un bref silence réflexif, puis Giacomo se remit à marcher en déclarant d'une voix nette, posée :

— Je sais très bien que Ludovico Foscari me considère comme son pire ennemi. Je le lui rends bien. Je sais également qu'il prévoit d'empoisonner le plat de son épouse, notre chère Beatrice, demain soir, au bal que j'organise pour célébrer mes trente ans. L'assassinat de Beatrice ouvrirait ensuite un conflit à mort entre nos deux familles, car cela lui donnerait l'occasion d'accuser les Monteverdi de l'avoir tuée. Je le sais, il veut m'anéantir pour récupérer mes biens et s'imposer comme l'homme le plus puissant de Vérone. Lui et ses sbires sont des rusés. Toutefois, j'ai un espion qui m'informe de ses plans et je n'ai pas été étonné par celui-ci. Ce qui m'a surpris, c'est qu'il songe à tuer Beatrice.

— Elle est en grand danger, Giacomo.

— Il ne l'a jamais méritée. Elle aurait dû épouser l'un d'entre nous au lieu de ce fils de chien.

— Les Foscari étaient bien plus puissants que nous à l'époque, et *messer* Domenico s'est laissé aveugler par l'appât du gain. Il a sacrifié sa fille.

— Beatrice n'a jamais été heureuse aux côtés de ce vil bâtard. J'aurais aimé la lui voler à de nombreuses reprises pour en faire ma propre femme, avoua Giacomo d'un air sombre. Malheureusement, je n'en ai jamais eu le courage.

Baldassarre s'obligea à demeurer neutre, même si cette déclaration attisait en lui une forme de jalousie. De toute évidence, il n'y avait rien d'étonnant dans les paroles du fils aîné des Monteverdi, car de nombreux hommes s'étaient laissé piéger par le charme de la jeune femme. Depuis longtemps déjà, Giacomo nourrissait une réelle attraction pour elle et Baldassarre en avait toujours éprouvé de la jalousie, sans jamais la laisser transparaître. Mais maintenant qu'il réfléchissait plus intensément, que s'était-il passé durant ces sept années d'absence ? Giacomo et Beatrice s'étaient-ils rapprochés ? La jeune femme avait-elle, ne serait-ce qu'une minute, éprouvé du désir ou un quelconque sentiment romantique à son égard ?

Ces idées noires commencèrent à envahir l'esprit du guerrier, qui s'empressa aussitôt de les chasser d'une gifle mentale.

Arrête de penser à ce genre de billevesée !

Ce n'était pas le moment.

Malgré lui, la réalité de son absence le rattrapa et ce fut la bouche et les yeux pleins d'amertume qu'il regarda ensuite Giacomo s'installer derrière son large bureau, sur un grand siège richement ouvragé.

— Ne parlons pas de ce que nous aurions pu faire pour elle, mais de ce que nous allons accomplir pour la libérer définitivement de son mari. Il faut anéantir ce monstre, renchérit le riche marchand avec ressentiment.

Baldassarre prit appui sur le bureau en y posant ses deux mains puissantes et pencha légèrement son corps en avant, le regard toujours noué à celui de son ami d'enfance.

— Tu as déjà réfléchi à un plan pour demain soir, je me trompe ?

— En effet. Vois-tu, Ludovico Foscari me gêne depuis toujours dans les affaires, mais surtout ces dernières années. Tu étais trop loin pour le savoir, mais il y a trois ans, l'un de ses navires marchands a attaqué le mien sur la route de Chypre pour voler toute la marchandise de ma famille et nous amputer d'une somme colossale. Il y a eu des représailles. La justice a déclaré que nous devions être dédommagés et notre marchandise fut restituée. La guerre entre nos deux familles aurait pu se poursuivre, mais un ennemi commun a refait surface et nos deux pères respectifs, encore vivants à ce moment-là, ont décidé de s'allier temporairement pour éliminer cet ennemi commun. Maintenant, nous n'avons plus d'ennemi commun, nous n'avons plus nos pères, mais nous nourrissons toujours cette farouche concurrence. Sous ses dehors très cordiaux, Ludovico Foscari éprouve encore à notre égard une haine bien ancrée et a décidé de nous anéantir. Je ne lui ai jamais fait confiance, aussi, il y a un an, j'ai placé un espion parmi ses domestiques. C'est l'un des écuyers de sa maison, un jeune homme très loyal qui a réussi à gagner la confiance du maître, mais également celle de la gouvernante. L'écuyer est devenu son amant et comme elle connaît quasiment tous les secrets de la maison, elle est indirectement notre source d'informations. C'est grâce à cet espion que nous avons découvert le plan diabolique fomenté par Ludovico et son proche ami, un mirliflore dangereux et caustique, que tout le monde connaît sous le nom d'Alvise Petroia. Nous ne savons pas vraiment d'où il vient, mais il est plutôt colérique, arrogant et perfide. Nous sommes donc au courant pour la Cantarella et leur projet d'empoisonner Beatrice au cours du bal.

— Beatrice a volé la Cantarella après avoir ordonné l'assassinat du serviteur chargé de l'empoisonner, avoua Baldassarre de but en blanc.

Giacomo arbora une mine impressionnée et répondit :

— Cette femme n'a jamais vraiment eu besoin d'être sauvée, car elle est elle-même dangereuse.

— Elle possède un instinct de survie très développé, en effet. Elle voulait te voir pour te remettre la Cantarella en personne, mais j'ai décidé de la remplacer afin d'écarter toute suspicion à son encontre.

Baldassarre se redressa de toute sa hauteur, puis fouilla dans la poche de sa lourde cape noire pour en sortir la fiole remplie de poison. Là, il la posa sur le bureau et Giacomo tendit l'un de ses bras pour la saisir et l'observer attentivement.

— Ludovico est un être veule et cruel. La Cantarella est un poison extrêmement puissant, Beatrice n'aurait pu être sauvée et serait morte dans d'atroces douleurs.

— Ce chien mérite de mourir brutalement, cracha Baldassarre avec haine, les poings serrés jusqu'à en avoir les jointures blanchies.

— Ne t'inquiète pas, mon ami, avec l'aide de mon frère et de nos alliés, nous lui réservons un sort funeste. L'espion qui est dans sa demeure doit piéger le cadeau que Ludovico projette de m'offrir demain soir. En effet, il pense me faire don d'une caisse de six bouteilles de vin espagnol. Dans la nuit, notre espion remplacera les bouteilles de vin par des cruches de bière et un couple de serpents.

— Des serpents ?

— Non venimeux. Mais la symbolique sera percutante. Nous prendrons cela comme une déclaration de guerre et mes gardes arrêteront un Ludovico stupéfait.

— Ingénieux.

— J'ai horreur que l'on me tende des pièges et celui de Ludovico est aussi absurde qu'abject. En empoisonnant sa femme lors du bal, il voulait me faire passer pour son assassin. Qui d'autre, à part lui et ses complices, serait suffisamment fou pour tuer notre Beatrice ? Par mon plan, je l'anéantis et je venge la plus belle femme de Vérone.

Baldassarre acquiesça d'un mouvement de tête, mais toujours un brin sceptique, il renchérit :

— D'ailleurs, il faudrait trouver le moyen d'évacuer Beatrice du palais avant la remise des cadeaux et l'arrestation de son mari.

— Voyons, ce n'est pas très compliqué. Elle simulera un malaise et nous ferons croire qu'elle se repose dans une chambre durant le bal. En réalité, tu l'emmèneras hors de la ville à ce moment-là. Il me semble que c'est le meilleur moyen d'échapper à tout. Toi, à tes frères hostiles, et elle, à sa condition d'épouse malheureuse.

— Je vois que rien ne t'échappe, Giacomo.

— Tu me connais, répondit l'hôte avec un sourire énigmatique. J'ai toujours un coup d'avance sur les autres, surtout sur mes ennemis.

Baldassarre allait ajouter quelque chose, mais la porte du *studiolo* s'ouvrit aussitôt sur la haute silhouette d'un jeune homme blond, moustachu et richement habillé d'une robe de noble vert forêt. Un air malicieux éclairait son visage en même temps qu'il disait, l'attention toute tournée vers le *condottiere* :

— J'ai entendu dire qu'un revenant hantait notre palais ! Baldassarre Torelli, j'ai bien cru qu'on ne se reverrait jamais.

— Massimo ! prononça le guerrier avec une note de gaieté dans la voix. Je vois que tu n'es plus imberbe !

L'autre s'esclaffa en avançant dans sa direction, les bras grand ouverts. L'instant d'après, le cadet des frères Monteverdi étreignait son ami d'enfance contre lui en riant.

— Et toi, tu as l'air d'un mercenaire sicilien !

— Rien que ça.

— J'espère que tu as amassé beaucoup d'argent au cours de tes périples, car tu as toujours une dette envers moi.

— Bon sang, tu es le marchand le plus impitoyable de Vérone, grinça Baldassarre avec humour.

— Tu ne crois pas si bien dire. Mon petit frère va se tailler une réputation encore plus féroce que la mienne et surtout, celle de feu notre père, intervint Giacomo sur un ton railleur.

Le cadet balaya cette remarque d'un geste de la main.

— En tout cas, nous te souhaitons un bon retour chez toi, Baldo. J'espère que tu ne quitteras plus Vérone.

Cette fois-ci, le guerrier pinça les lèvres, puis secoua légèrement la tête de gauche à droite en guise de réponse négative.

— En réalité, je vais repartir très prochainement.

— Ah… Comme le font tous les fantômes.

4

Six heures plus tard

Quelques rayons de soleil tentèrent de percer le ciel grisâtre, sans y parvenir vraiment. Une fois son entretien avec le nouveau chef des Monteverdi terminé, Baldassarre rejoignit une poignée de ses hommes dans une taverne. Là, il déjeuna, discuta et réfléchit intensément aux évènements à venir. Beatrice, le bal, son mari et le mignon de celui-ci accaparèrent tout son esprit. Il voyait tournoyer, devant ses yeux, des poignards, des épées, des serpents, des corps s'effondrant, des cris et de la peur. Il revoyait en réalité un champ de bataille où les protagonistes se mélangeaient avec fracas et haine dans l'écrin d'un palais somptueux.

Vivement demain soir et l'accomplissement du plan...

Le guerrier resta peut-être plusieurs heures, le temps de permettre à sa douce amie de rejoindre la maison paternelle. Quand il quitta la taverne, il promit, comme toujours, de donner à ses hommes, des mercenaires, du travail. Lorsqu'ils n'étaient pas en train de guerroyer, ces hommes de main se retrouvaient souvent sans emploi et lorsque le désœuvrement perdurait, leurs mauvais instincts pouvaient s'éveiller. Pour Baldassarre, il était hors de question de laisser sans la moindre activité ceux qui avaient été sous son commandement. Cela les inciterait à se tourner vers le brigandage et ainsi, à mettre en danger les habitants de la ville.

— Revenez-nous vite, *messer* ! lança malicieusement l'un des mercenaires à l'adresse du *condottiere* qui s'apprêtait à passer le pas de la porte d'entrée.

— Ne vous inquiétez pas, mesdames, je ne vous abandonne pas longtemps, répliqua ce dernier sur un ton tout aussi plaisantin.

C'était sa proximité avec ses subalternes, mais également sa sincérité et sa générosité qui faisaient de lui un chef particulièrement apprécié. Néanmoins, derrière cette bonhomie, se cachait une contrariété qui s'ajoutait déjà à celle causée par Beatrice. Si Baldassarre espérait sortir ses hommes d'une situation financière un peu précaire, il ignorait encore comment s'y prendre.

Pendant que son cheval le promenait dans les ruelles de Vérone, de nouveau sombres à cause du ciel orageux, Baldassarre s'imaginait aux côtés de Beatrice en se remémorant ses dernières confessions. Le souvenir de sa détresse l'encouragea à donner un coup d'éperon sur le flanc de son destrier, qui se mit à galoper vers le *Ponte Pietra*, un pont de l'époque romaine, qui traversait l'Adige au nord de la ville. Sur le chemin, il s'attira des regards tantôt curieux, tantôt admiratifs, puis fut la cause de plusieurs exclamations lorsqu'il apparut tel un cavalier de l'Apocalypse sur la *Piazza dei Signori*, là où se trouvaient de nombreuses vieilles connaissances. Certains n'avaient pas encore entendu la rumeur de son retour et ils furent stupéfaits d'apercevoir Baldassarre Torelli au sein de Vérone.

Cette place était le cœur névralgique de la ville. De nombreux édifices palatiaux étaient reliés entre eux par des arcades et des loggias. Le palais de son père n'était pas loin, tandis que celui dans lequel Beatrice avait grandi se trouvait dans une ruelle perpendiculaire. Baldassarre arriva devant ce palais en quelques minutes et, le cœur battant à tout rompre, il mit pied à terre avant de tendre la bride de son destrier à l'un des deux gardes devant l'immense porte d'entrée.

— Je suis un vieil ami des Bartolo. J'aimerais retrouver le maître des lieux, dit-il avec solennité.

— Très bien. Patientez quelques instants, *messer*.

Le second garde s'éclipsa, puis revint en compagnie d'un vieux serviteur au crâne dégarni et bedonnant sous ses habits noirs, simples, mais propres. Il ne fallut pas plus de quelques secondes au guerrier pour reconnaître Giuseppe, l'homme à tout faire de la famille Bartolo. D'ailleurs, après avoir plissé les yeux, le vieillard le reconnut aussitôt, car il lui dit avec surprise :

— Par la barbe ! Serait-ce vous, *messer* Baldassarre ?

— En chair et en os, Giuseppe.

Le vieillard scella ses mains en signe de prière, les yeux humides d'émotion, puis continua d'une voix désormais tremblante :

— Oh, comme… je suis heureux de vous revoir… *messer*.

— C'est également un plaisir de vous revoir, Giuseppe. Vous n'avez pas changé.

Le vieillard fut secoué d'un petit rire gras, suivi par quelques toussotements.

— Doucement, mon ami, ne t'étrangle pas.

— Hélas, c'est la vieillesse, *messer* ! répondit-il, théâtral.

Baldassarre ne put réprimer un petit sourire en coin, puis il avança dans sa direction en lui imposant toute sa hauteur. Décidément, ce *messer* semblait avoir encore grandi avec les batailles, même si c'était quasiment impossible physiquement, étant donné qu'il avait déjà atteint l'âge adulte à ce moment-là. En réalité, il n'avait pas gagné en taille, mais en prestance. Il était devenu encore plus impressionnant.

— Giuseppe, veux-tu bien me conduire à ton maître ?

— Bien sûr, *messer*.

Quelques instants plus tard, Baldassarre se retrouvait devant les portes boisées de la grande salle à manger. Il confia sa grande épée à un jeune échanson, qui la posa un peu plus loin sur un coffre, puis prit une profonde inspiration avant de pénétrer dans la vaste pièce, à la suite de Giuseppe. Ses yeux de faucon repérèrent immédiatement *messer* Domenico, un sexagénaire aux cheveux grisonnants, si élégant dans sa toilette du soir aux motifs orientaux qu'il ressemblait à un empereur byzantin. Le richissime marchand et ancien ami de son père arbora un large sourire en le voyant. Il fallait dire que *messer* Domenico l'avait toujours considéré comme un fils.

— Baldo, quelle joie ! s'écria le maître des lieux en réduisant l'espace qui les séparait pour le saisir dans ses bras et l'étreindre dans un élan paternel. Bon Dieu, tu as beaucoup pris en muscles ! On dirait un taureau, ajouta-t-il en palpant ses bras, le regard fier.

— C'est que la guerre forge les hommes. Je suis également heureux de vous revoir, *messer* Bartolo.

— Comme nous avons pleuré, Beatrice et moi, lorsque nous avons entendons les rumeurs sur ta mort. C'était une vraie tragédie pour nous… mais grâce au Seigneur, tu es en vie et parmi nous ce soir !

Messer Domenico avait le regard sincère et luisant d'émotions. C'était un homme plutôt émotif malgré sa nature parfois inflexible et, après s'être perdu dans des phrases inintelligibles, il s'était enfin tourné vers une trentenaire aux longs cheveux noirs, vêtue d'une robe de soir vert foncé, en velours et passementée de galons dorés. Elle n'avait pas lâché, de son regard vert et incisif, le visage du *condottiere*, qui se sentait désormais fouillé de l'intérieur. Ses yeux étaient un peu trop curieux et embarrassants, autant que son sourire indescriptible. Sans même connaître le son de sa voix, il sut d'instinct qu'il s'agissait d'une coquette, d'une dangereuse séductrice.

— Baldo, laisse-moi te présenter ma seconde épouse, Veronica. Elle nous vient de Venise.

La concernée se rapprocha du guerrier pour ébaucher une gracieuse révérence et révéler ainsi, la profondeur de son joli décolleté. Elle dit d'une voix suave, tout en le regardant avec intensité :

— Bonsoir et bienvenue dans notre palais, *messer*.

Une séductrice, il avait raison. Il fallait dire qu'elle avait des atouts prometteurs pour d'autres hommes, mais certainement pas pour lui. Elle ne lui inspirait pas confiance, d'autant plus qu'il n'avait d'yeux que pour la véritable raison de sa venue en ce palais : Beatrice.

Dressée devant l'un des grands miroirs vénitiens de l'antichambre séparant les deux salons de réception, Beatrice scrutait son visage pâle, souligné par la beauté angélique que lui avait léguée sa mère, lorsque la voix de Baldassarre se fit entendre depuis le vaste salon où se trouvaient son père et sa belle-mère. Au son de ce timbre familier, qui l'avait hantée toute la journée, le cœur de la jeune femme cabriola dans sa poitrine.

Il est venu, se dit-elle en remettant de l'ordre dans sa coiffure sophistiquée et pavoisée de perles blanches, qui avait demandé une heure d'effort et de patience à sa jeune camériste. En effet, dotée d'une longue crinière indomptable, il était difficile à la véronaise d'élaborer une coiffure seule.

Elle lissa ensuite les pans de sa somptueuse toilette de velours pourpre. Cette nuance était aussi intense que sombre et rehaussait parfaitement l'éclat de sa peau éburnéenne. La couleur s'harmonisait également aux larmes de grenat qu'elle arborait à ses fines oreilles, une paire de boucles que Baldassarre lui avait offerte pour ses seize ans et qu'elle gardait précieusement, comme l'ultime souvenir de leur enfance disparue.

Une fois qu'elle se considéra être prête, elle quitta l'antichambre pour se diriger discrètement vers l'endroit où on l'attendait. À mesure qu'elle approchait, ses espoirs et sa jubilation enflaient, si bien qu'elle dut s'arrêter à mi-parcours pour refouler une envie de courir jusqu'à lui et de l'étreindre fougueusement contre elle. Non, elle n'était plus la jouvencelle de quinze ans, extravagante et passionnée, qui défiait toutes les convenances en déployant des démonstrations affectives à faire pâlir et rougir une duègne espagnole. Incontestablement, elle lui témoignera son bonheur, mais de la manière la plus éduquée qui fût.

Arrivée au pas de la porte, elle demeura quelques instants figée, observant la ravissante scène quotidienne que renvoyaient son père et Baldassarre. Même Veronica, cette belle-mère querelleuse qu'elle ne parvenait pas à souffrir, n'entachait en rien ce tableau charmant.

Confortablement carré dans son fauteuil, Domenico étudiait d'un œil admiratif le vaillant guerrier, en se disant qu'il aurait fait un gendre idéal. Pourquoi diable avait-il destiné sa progéniture à Ludovico Foscari ?

— Lorsqu'il ne meurt pas sur le champ de bataille, un héros finit toujours par rentrer à la maison, dit l'opulent marchand, un sourire flottant sur ses lèvres pleines. Crois-moi, tu fais honneur à ton nom et tu m'emplis de fierté, Baldo. Tu es digne d'Ulysse.

— Pas sur tous les points, intervint Veronica de sa voix suave. D'après ce que je sais, il n'y a plus de trône à reprendre et aucune Pénélope éplorée pour l'accueillir dans ses bras.

Ses prunelles brillantes demeuraient vissées au visage viril de leur hôte.

— Je pensais qu'en revenant chez lui, Ulysse était débarrassé des Harpies, mais apparemment elles te poursuivent même jusque dans la demeure d'un ami, renchérit Beatrice en faisant son entrée dans la pièce, un sourire en coin fiché dans la courbe de sa bouche.

La jeune femme ignora le regard assassin de sa belle-mère. Elle s'achemina posément vers son cher *condottiere*, consciente d'être épiée par cette vipère brune, tout en poursuivant :

— Pardonne-moi pour cette attente, Baldo, tu sais bien que j'ai toujours aimé me faire désirer.

Il s'inclina très noblement devant elle, puis répondit de sa voix profonde et chaude :

— On ne change pas les habitudes d'une grande dame, en effet. L'attente en vaut toujours la peine.

Là, sous la lueur des lustres et des candélabres, elle put mieux admirer le faciès de son compagnon. Ce visage qu'elle avait toujours aimé, qu'elle s'était amusée à portraiturer des centaines de fois sur du papier, exprimait désormais une maturité qui lui conférait un charme foudroyant. Un homme tel que lui ne passait pas inaperçu et ne cessait jamais d'affrioler la gent féminine. Peut-être qu'il n'existait pas de Pénélope, mais il y avait certainement eu des Calypso, des Circé et des Nausicaa !

Une pointe de jalousie la traversa de part en part à cette simple éventualité, mais elle décida d'en faire abstraction. L'heure n'était pas aux mauvais sentiments. Elle en apprendrait davantage sur les liaisons de son ami plus tard, lorsqu'il déciderait de lui en toucher un mot spontanément.

D'un ton presque solennel, où vibrait une fougue endiguée, elle lui avoua :

— Je suis tellement heureuse que tu sois ici. Je crois que cela fait des siècles que je ne l'ai pas été à ce point. Et dire qu'on te croyait tous mort…

Elle mourait d'envie de ponctuer sa phrase d'un baiser, mais tant que sa marâtre serait dans les parages, elle devrait s'en abstenir, car cela donnerait matière à cette sorcière pour la discréditer aux yeux de son époux. Lui qui commanditait déjà son meurtre sans qu'elle ne fautât.

Silencieux depuis l'intervention de sa fille, Domenico n'en demeura pas moins attentif. De son œil perçant, il surveillait ces jeunes gens, partagé entre la tendresse et la nostalgie. Que n'aurait-il pas sacrifié dans l'espoir de retrouver sa jeunesse, sa beauté et sa santé ! Et surtout, que n'aurait-il pas fait pour remonter le temps et marier ces deux-là… au lieu de cela, lui et le père de Baldassarre les avaient impitoyablement éloignés l'un de l'autre. Pour quel résultat, finalement ?

— Que diriez-vous de passer à table ? Le souper est prêt à être servi, proposa le maître des lieux en se hissant de son fauteuil.

— Volontiers, *messer* Bartolo, c'est très aimable de votre part.

— Mon cuisinier nous a concocté le plat favori du roi de France, en l'honneur de ton retour ici, répondit gaiement le maître des lieux en révélant un sourire éclatant, quoique partiellement édenté sur la partie inférieure.

Il lui manquait exactement deux dents.

Baldassarre suivit la famille Bartolo jusqu'à l'immense table de la salle à manger, dressée pour quatre convives, sans parvenir à détacher son regard de Beatrice. Elle n'était plus l'ombre d'un visage apparu dans la semi-pénombre d'une basilique, mais bien la déesse aveuglante de beauté qu'il avait toujours connue. Mon Dieu, ce ne devrait pas être permis d'être aussi belle !

Il s'assit alors un peu maladroitement, plus vraiment accoutumé aux mondanités, mais plutôt au dur quotidien des guerriers nomades. Domenico était à sa droite, Veronica à sa gauche et Beatrice juste en face de lui, pour son plus grand bonheur.

— Tu sais, Baldo, ton père me manque énormément, lança le sexagénaire au bout d'un moment.

Le regard noyé dans le vin d'Asti qu'il s'apprêtait à boire, le jeune homme ressentit de la nostalgie en repensant à son père, mais ne le montra pas et répondit :

— Mon père avait beaucoup d'estime pour vous, *messer*. Vous étiez l'un de ses plus proches amis.

— Oui. J'espère que tes frères aînés sauront être à sa hauteur en reprenant les affaires familiales.

— Je pense qu'ils ont toutes les qualités requises pour cela.

Il y eut un petit silence, que Veronica vint briser en s'adressant à sa belle-fille :

— Comment se porte ton mari, Beatrice ? Cela fait des semaines que nous ne l'avons pas vu chez nous.

D'instinct, la jeune femme se raidit à l'évocation de son époux. Non seulement ce butor et l'autre serpent d'Alvise s'imposèrent brutalement à son esprit, mais ce fut surtout son récent geste meurtrier qui ressurgit dans sa mémoire. L'espace d'une seconde, elle revit le regard vitreux du domestique, sentit l'odeur âpre du sang qui s'écoulait de sa gorge et entendit la malédiction muette qu'il lui avait jetée du bout des lèvres avant d'expirer… Elle s'égara à contre-cœur dans ses pensées, vers un univers parallèle et spectral.

— Tu es livide, Beatrice. Serait-ce à cause de Ludovico ? Il n'aimerait pas savoir qu'en songeant à lui, tu arbores un tel visage, observa sa belle-mère, un brin railleuse.

— Il est vrai, ma chère enfant, que tu es bien livide, renchérit son père, les sourcils froncés d'inquiétude. Serais-tu malade ?

— Non, tout va bien, père. C'est le vin qui me monte un peu à la tête.

— Tu attendrais peut-être un heureux évènement ?

Beatrice s'arracha aussitôt de cette torpeur, ignora le commentaire de Veronica, puis chercha le regard de Baldassarre. La simple vue de son visage l'apaisa, tel un vent de promesses et d'espoirs.

— Non, je n'attends pas d'heureux évènement.

— Dommage. Il faut tout de même y songer, Ludovico a besoin d'un héritier, insista Veronica. Ce n'est pas parce que votre premier enfant est mort qu'il ne faut pas songer à en avoir d'autres.

Le cœur de Beatrice s'arrêta, alors que la respiration de Baldassarre se suspendit. Comment cette vipère osait-elle aborder un tel sujet, aussi crûment ?

Ses doigts s'étaient figés et crispés sur la cuillère qu'elle tenait, alors que son regard n'avait pas quitté celui de son ami. Des éclairs brillaient dans le fond de son regard bleu profond et sombre de ressentiment. Son silence était sur le point de s'étioler et les mots qu'elle s'apprêtait à prononcer avaient le pouvoir de déclencher une guerre impitoyable.

Par chance ou plutôt, par malheur, une personne fit soudain son apparition dans le grand salon en amenant avec elle un vent de terreur.

— *Messer* Domenico, navré pour mon arrivée impromptue, mais j'apporte-là de tristes nouvelles, lança une voix grave.

Beatrice se pétrifia une seconde fois sur son siège, sans même avoir la force de tourner la tête pour découvrir l'identité du nouvel interlocuteur. Quelques secondes plus tard, une grande main s'écrasa sur son épaule et elle vit Baldassarre étudier avec distance l'homme qui s'était érigé dans son dos.

C'était Ludovico Foscari, son époux.

5

Ce timbre de voix grave, aux intonations dangereuses, ne présageait rien de bon. Comme à son habitude, Ludovico Foscari s'était introduit dans la pièce avec imprévisibilité, tel un serpent se faufilant entre les draps de sa victime. Les personnes ayant un goût inné pour l'intrigue étaient souvent pourvues d'une discrétion aussi affûtée.

Messer Domenico scruta son gendre avec indifférence, tandis que Veronica contempla Ludovico avec une lueur admirative dans le fond de l'œil. Si seulement cet élégant trentenaire brun, hâlé comme un Oriental et plutôt bien fait de sa personne n'était pas aussi indifférent à ses charmes… Beatrice ne méritait pas de l'avoir comme époux, en revanche, avec ses charmes vénitiens, elle aurait su s'y prendre avec lui. Au lieu de cela, son père l'avait mariée au vieux Domenico, trop souffrant pour honorer ses devoirs conjugaux.

La vie était vraiment injuste.

— Il suffit de parler du loup pour en voir la queue, lança la Vénitienne d'une voix suave. Vous semblez très occupé ces derniers temps.

— En effet, je suis très pris par mes affaires.

En parlant, le trentenaire garda l'œil rivé sur l'étranger qui lui faisait face et, tout en se façonnant une mine amicale, poursuivit :

— Je savais bien que vous étiez né sous une bonne étoile, cher *condottiere*. Ravi de vous savoir de retour chez vous, intact. J'espère que Vérone ne vous paraîtra pas trop ennuyeuse après toutes ces années d'errance et d'aventures.

— Merci, *messer* Foscari. Ravi de voir que tout vous réussit. On dit que vous êtes désormais l'un des plus puissants commerçants de Vénétie.

Cette fois-ci, le sourire factice du bourgeois s'évanouit et se mua en rictus ironique.

— En réalité, tout ne me sourit pas. Nous avons retrouvé l'un de mes serviteurs assassiné dans les rues de la ville, et son meurtrier a subtilisé le précieux trésor qu'il gardait.

Si Beatrice se changea en statue de sel, les époux Bartolo poussèrent des exclamations épouvantées.

— Assassiné, dîtes-vous ?

Veronica s'était exprimé d'une voix de crécelle, sincèrement horrifiée.

— Mais… comment et par qui ?

La main de Ludovico parut s'alourdir sur l'épaule de Beatrice pendant qu'il poursuivait ses explications :

— Il a été égorgé, vraisemblablement ce matin. Quant à l'assassin, cela peut être n'importe qui. Un brigand ? Un fou ? Ou encore, l'un de mes ennemis ? Je sais que j'en compte de nombreux au sein même de ma ville natale, malgré tout ce que j'entreprends pour entretenir la paix avec eux.

Baldassarre devinait l'embarras de son amie, il avait des démangeaisons dans les mains, les pieds et même la langue. S'il se façonnait un masque de tranquillité, il n'était en réalité que boule de feu et instinct meurtrier. Il y avait un couteau disposé près de son plat, s'il le saisissait, il pourrait s'en servir comme d'une arme pour égorger ce marchand peu scrupuleux et cruel qui terrorisait son épouse en projetant de l'occire. Oh oui, d'un coup net, précis et profond, il pouvait priver ce visage brutal, ces yeux machiavéliques et ces mains meurtrières de tout éclat de vie. Baldassarre était capable d'assassiner Ludovico Foscari au pied de Beatrice et d'anéantir à jamais la menace qui planait au-dessus de sa belle tête.

Malheureusement, il ne pouvait pas. Du moins, pas encore.

— Tu ne dis rien, Beatrice ?

Le regard de Ludovico se posa sur le crâne de son épouse, incapable de formuler le moindre mot alors que l'assassinat de Mario se rejouait devant ses yeux. Ses mains étaient humides d'appréhension, sa gorge asséchée de peur et son cœur au bord du précipice. Encore un peu et elle vomirait le vin qu'elle avait consommé avant son arrivée.

— Je… je… c'est…

Elle n'était que bafouillements et dans l'espoir de la secourir, Baldassarre dit d'une voix compatissante :

— Elle est sous le choc, *messer* Foscari. Ce qui vient de se passer est inimaginable et barbare.

— Absolument. Nous devons éclaircir ce mystère, mes hommes et moi, car en assassinant mon serviteur, quelqu'un s'en prend directement à la famille Foscari. Je ne me sens plus en sécurité et je crains également pour celle de mon épouse et de ma fille.

Beatrice faillit s'étouffer avec son propre souffle tant l'hypocrisie de son mari l'asphyxia. Elle commença par inspirer très profondément, puis sollicita sa réserve de sang-froid pour répliquer :

— Ce tragique évènement me chagrine énormément et m'effraie. Comment pourrais-je me sentir en sécurité dans ma propre demeure alors qu'un assassin s'en est pris à l'un de mes serviteurs ? Cela aurait pu être toi, Ludovico, moi ou Bianca…

Elle simulait parfaitement l'affolement, si bien que Baldassarre en fut plus qu'impressionné. Il ne manquerait pas de la féliciter pour son jeu de comédienne, car tout le monde y crut, son époux le premier.

— Je le devine, très chère. C'est pourquoi j'ai pris la liberté de t'apporter quelques affaires personnelles, ainsi que Bianca. Je ne veux pas prendre le risque de laisser mon enfant unique au palais, alors qu'un assassin envisage peut-être de la tuer. Je pense qu'il ne devinera pas votre présence en ces lieux.

On entendit derrière les portes de la salle à manger la voix encore aiguë d'une jeune fille et Ludovico se détacha enfin de son épouse en disant :

— *Messer* Bartolo, avec votre permission, je vous demande l'hospitalité pour ma propre fille. Le temps pour mes hommes et moi de retrouver l'assassin… Accepteriez-vous de me rendre ce service ?

En réalité, il ne laissait pas vraiment le choix à l'hôte des lieux, qui fut toutefois ravi de répondre à cette requête. Le vieil homme appréciait la présence de sa fille et celle de la jeune Bianca, toujours joviale et douce.

Sous le ton sucré et la bienveillance simulée de Ludovico, Beatrice et Baldassarre subodorèrent quelque chose. Néanmoins, c'était un soulagement pour la bourgeoise de savoir qu'elle serait loin de sa geôle maritale cette nuit. Certes, elle aurait à supporter la présence pernicieuse de sa marâtre, mais celle de sa belle-fille atténuerait son malheur.

Ludovico se recula pour rejoindre les portes de la salle à manger, les ouvrir et laisser apparaître une ravissante adolescente aux longs cheveux mordorés, vêtue d'une robe rose et blanc, qui arbora un large sourire à la vue de Beatrice. Sans parvenir à réprimer ses élans, elle courut dans la direction de la jeune femme pour la prendre fougueusement dans ses bras menus. Cette tendresse passionnée ébranla la jeune femme, qui sentit toutefois son angoisse s'apaiser contre la chaleur de ce petit corps sincère et animé d'allégresse.

— Mère, vous m'avez manquée !

— Mais nous nous sommes vues il y a quelques heures ! s'exclama Beatrice avec un léger rire nerveux, toujours soumise à la tension causée par l'énergie négative de son époux.

— En quelques heures, j'ai vécu de nouvelles aventures, qu'il me faut absolument vous raconter.

Ludovico toussota, comme pour rappeler sa présence, et l'on découvrit bientôt celle de trois autres hommes derrière lui : deux gardes du corps et Alvise Petroia, ce vaurien habillé de soie et de velours, qui toisait l'assistance avec un sourire mesquin. Il salua tout le monde, sans trop de chaleur, puis chuchota quelque chose à l'oreille de Ludovico. Ce denier acquiesça ensuite de la tête avant de parler de sa voix rauque :

— Nous n'allons pas perturber plus longtemps votre souper, nous avons des choses à régler. *Messer* Domenico, je vous remercie pour votre compréhension et votre générosité. Beatrice, nous nous reverrons au bal des Monteverdi, en compagnie de tes parents. Bonne soirée à vous tous.

Lui et Alvise traînèrent un regard inquisiteur en direction de la belle bourgeoise, puis sans rien ajouter d'autre, s'éclipsèrent tels des oiseaux de mauvais augure.

Le corsage de Beatrice et le nœud dans son ventre parurent se desserrer alors qu'elle les observait s'éloigner. L'instant d'après, elle attira sa belle-fille sur ses genoux pour l'étreindre dans ses bras et se réconforter de son parfum floral, innocent. Bianca dédia à tout le monde son sourire communicatif, auquel *messer* Domenico et Baldassarre furent sensibles. Elle était adorable et semblait de plaisante compagnie, de quoi égayer ce souper après l'interruption malvenue et nuisible de son père.

— Voulez-vous que je vous raconte mon anecdote ?

Et sans vraiment laisser le choix à ses auditeurs, la jeune fille de douze ans se lança dans un long monologue humoristique, ponctué de gestes théâtraux, qui allégea l'atmosphère sans toutefois ravir tout le monde. Veronica paraissait plus exaspérée qu'enchantée par les aventures loufoques d'une gamine à peine pubère et ses expressions déridèrent un peu Beatrice.

L'espace d'un moment, elle oublia son mari, l'amant de celui-ci et le meurtre de Mario.

Elle ne voulait pas entacher sa soirée, alors qu'elle marquait ses retrouvailles avec Baldassarre. Ils auraient tous les deux l'occasion d'en parler plus tard, une fois qu'on leur permettrait un moment d'intimité.

6

Ils étaient désormais seuls. Ce moment paraissait irréel, tant ils l'avaient rêvé chacun de leur côté, au cours des sept dernières années passées loin l'un de l'autre. C'était comme si les anges leur offraient une parenthèse de bonheur et de légèreté avant de retrouver la brutalité de leur quotidien respectif.

— J'ai beaucoup de choses à te dire, Bea.

Après l'avoir admirée de longues secondes en silence, Baldassarre s'était mis à parler avec beaucoup de sérieux.

— Je le devine bien. Rapprochons-nous de l'âtre, nous y serons mieux.

Ils s'éloignèrent en direction de la cheminée allumée du petit salon, dit « aux natures-mortes », puisqu'il était entièrement tapissé de peintures représentant des fruits ou des fleurs. La pièce n'était pas bien grande et servait plutôt de salle de repos pour le maître des lieux, lorsqu'il n'avait ni le temps ni l'envie de monter se reposer dans sa chambre. C'était aussi là que Beatrice aimait se poser avec un livre ou un métier à broder lorsqu'elle était de visite chez son père.

Ils s'assirent chacun sur un fauteuil matelassé, face à face. Baldassarre soupira d'agrément, puis passa une main dans ses magnifiques cheveux noirs, sous le regard admiratif de la jeune femme qui suivit leurs mouvements sensuels. Elle déglutit avec difficulté devant tant de virilité et dut prendre une profonde inspiration avant de l'interroger :

— Tu as pu t'entretenir avec les Monteverdi, n'est-ce pas ?

— Oui, j'ai pu parler à Giacomo et les desseins de ton mari ne l'ont pas surpris. En réalité, il s'attendait à affronter un drame au cours du bal.

— Vraiment ? Ludovico et son complice ne sont donc pas aussi rusés que cela, observa-t-elle avec mépris.

— Tu sais bien que Giacomo a toujours un coup d'avance sur les autres.

— En effet, j'ai toujours pensé qu'il était un peu sorcier.

Cette fois-ci, une note de badinerie teinta les paroles de la jeune femme, mais elle redevint très vite sérieuse et enchaîna :

— Avez-vous trouvé un plan pour demain soir ?

— Oui. Nous avons décrété qu'il ne serait pas judicieux d'utiliser la Cantarella contre ton mari et son complice, car cela mettrait les Monteverdi dans une fâcheuse position. En réalité, nous avons trouvé un moyen de te libérer de lui, mais il te faudra être une excellente comédienne.

— Les femmes excellent dans la simulation, surtout lorsqu'elles sont dans ma position, le rassura-t-elle, pince-sans-rire.

— Malheureusement, c'est parfois la meilleure façon de survivre.

Baldassarre avait adopté pour sa part un ton très sérieux et amer. Il ne pouvait plus supporter la condition à laquelle Beatrice était soumise et ne rêvait que d'une chose : la libérer. Le temps lui paraissait interminable jusqu'à demain soir.

— Parle-moi de votre plan, Baldo.

— Au cours du bal, tu perdras faussement connaissance et nous te conduirons dans une pièce afin que tu puisses t'y reposer. Les Monteverdi s'arrangeront pour accaparer l'attention de ton mari et de son complice, car entre-temps, je t'emmènerai loin du palais et de Vérone pour te mettre en sécurité, en un lieu secret.

Beatrice ne parut pas vraiment surprise par ce plan, mais plutôt sceptique.

— Vous ne trouvez pas ce plan trop… simple ?

— La simplicité rime souvent avec efficacité. Notre objectif principal est de te tenir loin de ces deux bougres.

— Mon mari risque de nous traquer…

— Je ne sais pas s'il sera en mesure de te traquer, car les Monteverdi projettent de le piéger au moment de la remise des cadeaux.

Le regard noir et énigmatique du soldat lui procura la chair de poule et, d'instinct, elle croisa ses bras pour les frotter de ses mains délicates. Ces caresses arrachèrent quelques grincements soyeux à sa robe.

— Intéressant… à quoi ont-ils pensé ?

— L'un de leurs espions a pour amante votre gouvernante. Cette dernière ne sait pas que son amant glane des informations de manière clandestine au sein même de votre demeure. Cela fait un an qu'il surveille tous vos faits et gestes, si bien que Giacomo connaissait déjà le plan perfide de ton mari.

Beatrice fronça les sourcils, mais elle n'était pas vraiment étonnée par cette révélation, car les notables de la ville, en l'occurrence les Monteverdi, étaient bien capables d'user de tous les moyens pour surveiller leurs ennemis et les anéantir à la moindre occasion. Heureusement que son mari était son propre ennemi, sans quoi elle se serait sentie très vulnérable d'avoir été espionnée de manière aussi silencieuse qu'étroite. Le serviteur à la solde des

Monteverdi avait-il eu l'audace de l'espionner au-delà de la décence ? Elle frissonna de dégoût à cette simple éventualité.

— Cette nuit, l'espion en question doit remplacer le cadeau de ton mari par un autre. La caisse de bouteilles de vin espagnol qu'il pensera offrir demain soir sera en réalité remplacée par une caisse identique, chargée de bouteilles d'eau et de serpents.

Beatrice manqua de s'étrangler avec sa salive et se rapprocha un peu plus de son ami pour répéter dans un murmure offusqué :

— Des serpents ? Mais ces bêtes risqueraient de mordre des innocents... !

— Non, il s'agit de serpents non venimeux. En revanche, ils seront considérés comme une déclaration de guerre et à partir de ce moment-là, les gardes de la famille Monteverdi arrêteront ton mari et ses complices. Entre-temps, nous chevaucherons déjà vers les portes de la ville.

Le cœur de Beatrice s'était emballé à cette éventualité tant ce plan la satisfaisait, car il était aussi simple qu'efficace. Ludovico et son amant ne pouvaient le soupçonner, trop imbus de vanité qu'ils étaient. Ils se croyaient toujours meilleurs qu'autrui, sans savoir qu'ils étaient en réalité naïfs et négligents. Combien elle rêvait de les voir croupir en prison avant d'être jugés et condamnés à mort ! C'était là le seul destin qu'ils méritaient.

— Alors, ce plan te plaît ?

— Je dois avouer que les Monteverdi sont très rusés. Je pense que mon mari et son complice sont loin d'imaginer ce qui les attend demain soir, au bal. Toutefois, ils doivent penser à autre chose maintenant que la fiole a disparu...

— Ils n'auront pas le temps de réfléchir à quelque chose de crédible, crois-moi. Ils sont de toute évidence trop préoccupés à chasser le meurtrier du domestique. Ils doivent se sentir observés et en danger.

— Je dois avouer que c'est jouissif de les savoir aussi inquiets.

— Je le devine bien. Beatrice, tu seras enfin libre et avec moi, insista-t-il d'une voix sortie des entrailles et le regard brûlant d'un espoir qui l'envoûta.

— C'est tout ce qui m'importe désormais.

Beatrice était tellement sincère et impatiente de vivre ce moment de liberté à ses côtés. Comme étourdie par cette éventualité, elle garda un moment le silence en réfléchissant à ce plan si réaliste, puis une autre inquiétude traversa soudain son esprit en ternissant sa joie.

— Et Bianca… ? Je ne peux pas laisser cette pauvre enfant seule.

— La fille de Ludovico ?

— Oui. Elle est attachée à moi et serait si malheureuse si je la quittais aussi brutalement.

— Je comprends bien, Bea, mais il s'agit là de ta survie. Si tu veux vivre, il faudra renoncer à Bianca, même si cela est fort regrettable. Après tout, Ludovico est son père et tu n'as pas le droit de l'emmener avec toi. Une fois qu'il sera mort, Bianca deviendra la filleule d'un parent ou sera placée dans un couvent en attendant son mariage. Crois-moi, elle sera protégée et ne manquera de rien.

— Quel dommage, cette enfant est un amour. Je la regretterai tellement…

— Je comprends bien, néanmoins tu es la priorité et nous devons te mettre à l'abri le plus tôt possible.

La jeune femme hocha la tête en signe d'accord, avec une expression très triste et résignée ; en même temps, il n'y avait pas d'autre solution pour survivre. Une fois encore, elle se perdit dans un silence réflexif, un peu détachée de toute la réalité, comme si leur conversation appartenait au monde des chimères. Ce fut le crépitement de plus en plus intense des bûches dans la cheminée qui la ramena à l'instant présent. Elle releva la tête et ses yeux se tressèrent aussitôt à ceux du guerrier. Baldassarre n'avait pas cessé de la contempler et s'étonnait encore une fois de la trouver aussi resplendissante, même dans l'adversité.

Une roseur fleurit sur les joues de la jeune femme et cela n'était pas seulement dû à la chaleur que diffusait l'âtre. L'intensité des yeux noirs la perturbait. Elle avait l'habitude des regards contemplatifs des hommes, parfois même des femmes, mais jamais personne ne l'avait observée avec autant d'ardeur que lui. On aurait dit un dangereux prédateur admirant la divinité païenne à laquelle il était littéralement dévoué.

— Je ne laisserai plus personne te faire du mal et encore moins menacer ta vie, assura-t-il d'une voix de plomb. S'il faut me mettre à dos toute la ville de Vérone pour assurer ta sécurité, alors je l'affronterai jusqu'à la mort, Beatrice.

Un frisson brûlant traversa l'échine de la bourgeoise et se répandit en fourmillements dans ses orteils. Elle dut les trémousser à l'abri de ses souliers de velours sombre pour les dégourdir. Combien cette voix, ce ton et ces mots la troublaient en répandant dans ses reins une chaleur interdite et délicieuse, qu'elle n'avait pas ressentie depuis bien longtemps déjà ! Elle n'avait jamais désiré un autre homme que lui et, chaque fois que Ludovico l'avait honorée, c'était en pensant à Baldassarre qu'elle s'était donnée à son mari. C'était en pensant à ses yeux de jais qu'elle avait naguère conçu son petit garçon perdu…

— Tu as toujours été mon chevalier servant, Baldo, dit-elle avec un petit rire dans la voix, comme pour masquer l'embarras soudain qu'engendrait son désir pour lui.

Cette remarque ne fit naître aucun sourire sur le visage viril, et c'est d'une voix teintée d'amertume qu'il répliqua :

— J'ai tellement bien joué mon rôle que je t'ai laissé épouser un assassin. Si je n'étais jamais parti à la guerre, tout cela ne serait jamais arrivé…

Cette réponse la troubla et elle se pencha d'instinct dans sa direction, une main réconfortante posée sur celle qu'il avait placée sur son genou droit, pour la caresser avec tendresse. Elle le sentit se raidir, mais n'y prêta pas attention et, les yeux toujours soudés aux siens, répliqua d'une voix aussi douce que la brise du printemps :

— Inutile d'évoquer le passé, car nous ne pouvons pas le changer.

— Tu n'imagines pas tous les regrets qui m'ont rongé à chaque fois que je pensais à toi et qui me rongent encore, alors que je te regarde.

Ses mots avaient du mal à sortir d'entre ses dents et Beatrice vit l'une de ses veines palpiter au niveau de sa tempe droite. Il était en colère, contre lui-même, contre leur passé, contre leur destinée.

— Je n'aurais jamais dû partir à la guerre. Je n'aurais jamais dû te laisser derrière moi, dans l'arène.

— Baldo, arrête.

— Je n'ai jamais été heureux loin de Vérone et loin de toi. Je t'ai quittée pour ne répandre que la peur, la violence et le sang sur mon passage. Tout avait un goût de cendre. Tout.

— Baldassarre…

Le *condottiere* était incapable de se taire, c'était comme s'il devait impérativement recracher la vague d'amertume et de douleur qui gonflait dans sa poitrine en obstruant sa respiration. C'était comme s'il devait parler au péril de sa vie. Une fois de plus, il desserra les lèvres pour évoquer ses peines. Mais incapable de les entendre davantage, Beatrice se redressa brusquement de son siège et alla s'installer sur ses genoux dans un froissement de soie délicat. Surpris, il cessa de parler et ne bougea pas lorsqu'elle rapprocha dangereusement leurs deux visages en posant son front contre le sien.

Encore une fois, c'était irréel.

— Nous avons tous les deux de profonds regrets, mais la vie est trop courte pour toujours les ressasser et nous avons à peine le temps de rattraper nos erreurs commises, murmura-t-elle à quelques centimètres de sa bouche.

Son souffle parfumé au sorbet l'enivra et lui donna l'impression d'être transpercé par une flèche de chaleur, si bien que tout son corps se raidit violemment sous le sien. Il éprouva un peu de honte, surtout à cause de la grande protubérance qui jaillissait entre le creux de ses cuisses, et crispa ses doigts sur les accoudoirs du fauteuil. Heureusement que les jupons de Beatrice dissimulaient l'expression de son désir brutal, même si ses yeux bleus pétillèrent d'une lumière différente face à la tension de ses muscles. Elle n'était plus innocente, loin de là. Elle savait très bien ce qu'il ressentait à ce moment précis.

— Je suppose qu'il n'y a aucune femme dans ta vie, Baldo, pour que tu sois aussi malheureux…

En parlant, elle ne cessait d'admirer ses lèvres finement dessinées, entourées par l'ombre d'une barbe naissante, et frémit de soulagement lorsqu'elle les vit s'arrondir sur un « non ».

— Il n'y a également aucun homme dans ma vie si on considère que je ne suis pas amoureuse de mon mari.

— Aucun ?

Cette interrogation fut rauque, dangereuse.

Beatrice conserva son sérieux et détacha doucement son front du sien pour mieux l'étudier et ainsi, tracer plus facilement les traits de son visage du bout de ses doigts soyeux.

— En réalité, il y a un homme. Il est grand, vigoureux, bronzé par le soleil du sud, si bien qu'on le prendrait facilement pour un Maure. Il a d'épais sourcils noirs, des yeux de faucon tout aussi noirs, un grand nez droit, une bouche sensuelle et de magnifiques cheveux sombres…

Elle ponctua sa phrase en glissant ses doigts clairs dans les ondulations sombres qui coulaient jusqu'aux larges épaules recouvertes d'un pourpoint de velours noir.

Cette fois-ci, des milliers de petites flèches semblèrent glisser dans tout le corps de Baldassarre. Il voyait très bien de qui elle parlait.

Lui-même.

Si Beatrice n'arrêtait pas tout de suite ce petit jeu de séduction déloyale, il ne répondrait plus de lui-même et la dévorerait sur le fauteuil où ils étaient assis.

— Beatrice.

Son ton était solennel, alarmant.

— Oui ?

— Retourne à ta place.

Elle arqua l'un de ses fins sourcils d'une façon provocante.

— Et pourquoi cela ?

— Parce que je suis à deux doigts de te faire l'amour. Sans ménagement.

Ce ton menaçant troubla plus intensément la jeune femme, qui s'esclaffa dans un petit rire sensuel et insolent. En guise de réponse, l'une de ses mains glissa sur la nuque robuste tandis que l'autre se dirigea langoureusement jusqu'à la fameuse protubérance. Ses jupons avaient à peine dissimulé son vit arrogant, qu'elle sentait délicieusement frémir contre sa cuisse malgré la barrière de leurs vêtements.

Le désir du guerrier était bien trop ardent pour être discret.

— J'ai toujours eu envie de défigurer toutes les femmes qui ont eu la joie de te connaître charnellement, murmura-t-elle en défaisant les petits boutons de son pantalon sombre, l'air faussement calme.

Baldassarre ne portait ni robe de bourgeois ni pantalon pourvu d'une braguette, une pièce de tissu rembourrée qui permettait de cacher les parties génitales tout en les mettant en valeur par la proéminence qu'elle prenait. Il portait un pantalon très simple et ajusté, une sorte de braie confectionnée dans un tissu luxueux et confortable, dont l'ouverture était simplifiée par une rangée de petits boutons. Ce n'était pas un habit à la mode, surtout pour les hommes de son rang, mais il n'y accordait pas tellement d'importance.

— Tu es une femme dangereuse, susurra-t-il en cessant cette fois-ci de comprimer les accoudoirs entre ses doigts pour les poser sur la taille de la bourgeoise.

— Je suis Italienne.

Il esquissa un sourire, comme si le fait d'être Italienne justifiait ses passions exacerbées et sa possessivité sanguinaire.

— Aucune n'a vraiment compté.

— Tu essaies de me rassurer, Baldo ?

— Je dis simplement la vérité, souffla-t-il au moment où ses doigts frais touchaient enfin la chair de son mât imposant et douloureux.

Il sursauta malgré lui et se crispa davantage.

— Arrête, Bea.

— Non.

— Je ne veux pas que tu aies des regrets.

— Regretter quoi ? De me donner à l'homme que j'aime ? Je veux que tu me prennes, Baldassarre Torelli, maintenant et ici.

Ne pouvant plus résister à l'appel de leur désir, il captura son visage entre ses deux grandes mains, rapprocha leurs deux têtes et l'embrassa avec toute la passion sauvage qu'elle lui inspirait depuis si longtemps. Dans son élan, il lui mordit la lèvre et elle en ressentit de la douleur, mais c'était une douleur salvatrice et, sans plus chercher à se contrôler, elle lui rendit son baiser avec la même fièvre. Des gémissements étouffés comblèrent leurs gorges, alors que leurs langues menaient un combat gourmand et acharné. Depuis combien de temps avaient-ils espéré ce moment, cette étreinte, cette fusion de leurs bouches avides ? Leur passion avait été tellement bridée qu'elle s'exprimait désormais dans toute sa violence. Ils se mordaient les lèvres, leurs dents s'entrechoquaient en même temps qu'ils se nourrissaient du souffle de l'autre. Les doigts de Baldassarre avaient fini de torturer le corsage de sa robe volumineuse pour se glisser sous ses jupons et s'implanter dans la chair ferme de ses cuisses fuselées. La jeune femme se trémoussa un peu pour se mettre à califourchon au-dessus de lui et sans jamais quitter la chaleur de son entrejambe, saisit sa virilité pour la caresser de bas en haut.

Un râle de satisfaction échappa au *condottiere*, en même temps qu'il la saisissait aux hanches pour placer son bassin au-dessus du sien, sans réfléchir aux conséquences que pourrait engendrer ce péché charnel.

— Bea…, murmura-t-il contre la courbure de sa mâchoire. Je ne sais plus ce que je suis en train de faire…

— Bien sûr que tu le sais.

Et sans la moindre hésitation ni même la moindre préparation, elle rapprocha plus sûrement son bassin de sa virilité, fière et frémissante, puis se glissa dessus. L'approche fut douloureuse et elle dut se mordre la langue pour ne pas crier sous la brûlure du contact. Baldassarre était imposant et elle, si étroite, d'autant que son dernier rapport sexuel remontait à plus d'un an. Et puis, cette approche impatiente ne l'avait pas réellement préparée.

Incapable de la repousser, le *condottiere* posséda de nouveau sa bouche afin de la détourner de toute douleur, puis la maintint fermement à la hanche en poussant vigoureusement son bassin vers elle.

— Oh… !

Elle étouffa un cri contre sa bouche chaude pendant qu'il la pénétrait d'un coup sec et franc. L'instant d'après, il lui imposa un rythme plutôt doux et leurs intimités se façonnèrent bientôt l'une à l'autre. Le plaisir se substitua progressivement à la douleur et les sanglots de Beatrice résonnèrent uniquement de délice.

Qu'étaient-ils en train de faire ? Forniquaient-ils réellement sur le fauteuil de son père, face à la cheminée, en prenant le risque d'être découverts à n'importe quel moment ?

Oui.

Et c'était délicieusement dangereux.

— Je n'aurais jamais cru vivre ça…, murmura Baldassarre en parsemant de baisers le visage, le cou et la poitrine de la jeune femme.

Avec une impatience juvénile, il sortit les seins pulpeux de leur corset et il put à loisir les butiner alors qu'elle le chevauchait ardemment. Beatrice était en transe, c'était comme si, assise sur le sexe de l'homme à jamais adoré, elle découvrait son véritable pouvoir, l'essence même de sa nature profonde. Jamais elle n'avait ressenti autant de plaisir dans la sensualité, ses rapports ne s'étant limités qu'à des étreintes obligatoires, réfrénées et dictées par le devoir conjugal. Là, dans l'intimité du petit salon paternel, et dépouillée de toute pudeur, elle s'adonnait pour la première fois à l'érotisme pur. Chaque baiser, chaque morsure et chaque caresse que lui donnait Baldassarre formaient dans sa tête un nouvel alphabet. Une langue ancienne dont elle connaissait l'existence, mais dont elle n'avait encore jamais savouré la musicalité.

— Nous sommes nés pour nous aimer, Baldo… m'aimes-tu toujours ? lui demanda-t-elle en glissant ses doigts dans ses cheveux pour faire basculer sa tête en arrière, en douceur.

Là, leurs regards s'aimantèrent de nouveau au milieu de leurs ébats vigoureux et la lumière qui les irradiait les incendia encore plus.

— Je t'aime encore plus qu'hier et je t'aimerai jusqu'à l'extinction de la dernière étoile, lui murmura-t-il avant de gober dans sa bouche l'une des aréoles roses de ses seins, qu'il suça ensuite avec dévotion.

Il réserva le même sort au second sein et ce geste fut si excitant qu'il accéléra la cadence de ses pénétrations, mais aussi celle de l'orgasme.

— Moi aussi, je t'aime… terriblement, avoua-t-elle entre deux gémissements lascifs.

Bientôt, un éclair sembla éclater au creux de leurs reins et dans un râle commun, ils accueillirent l'explosion de leurs sens. L'impériosité de leur désir refoulé et la puissance de leurs sentiments avaient accéléré l'urgence de leur orgasme. Sans plus prononcer un mot et les yeux remplis de larmes, ils subirent l'apothéose sensuelle avec un soulagement mutique.

Cela dura de longues minutes, durant lesquelles ils s'enlacèrent amoureusement en respirant l'odeur de l'autre. Ce fut Baldassarre qui parla le premier, désormais lucide :

— Qu'avons-nous fait ?

— Ce que nous devions faire depuis des années.

— C'était encore mieux que dans mes rêves… mais si ça vient à se savoir, nous serons morts.

Beatrice releva la tête de sa large épaule, puis le dévisagea en caressant du revers de la main l'une de ses joues.

— Cela ne devrait plus nous effrayer, car nous allons quitter Vérone demain soir. Quoiqu'il arrive, nous avons signé notre arrêt de mort.

Le pragmatisme de la jeune femme le réconforta et il ne put s'empêcher d'esquisser un sourire.

— Tu es désormais à moi, n'est-ce pas ?

— Je l'ai toujours été, Baldo.

— Oui, depuis notre première rencontre.

Un large sourire espiègle fendilla les lèvres pulpeuses au souvenir de leur première rencontre et elle se pencha plus près encore pour apposer un baiser sur son front.

— Tu étais déjà mon chevalier-servant à ce moment-là.

— Effectivement…, répondit-il en glissant ses doigts dans sa coiffure sophistiquée, afin de remettre en ordre quelques boucles rebelles. Navré d'avoir été aussi… brutal. J'avais attendu ce moment toute ma vie.

— Allons, je n'ai jamais connu de chose plus délicieuse. C'était parfait, le rassura-t-elle avec un sourire tendre et sincère. C'est la première fois depuis des années que je suis aussi heureuse.

7

— Je ne veux pas te laisser partir, pas après ce que nous avons fait…

Alors qu'il traversait le vestibule menant à la sortie du palais où la famille Bartolo l'avait gracieusement invité à souper, Baldassarre se repassait cette phrase avec un petit sourire mi-figue mi-raisin. Ce qu'il venait de faire avec Beatrice dépassait toutes les limites de ses fantasmes les plus profonds. Il n'avait jamais pensé prendre autant de plaisir à posséder une femme, mais l'amour faisait toute la différence dans les rapports charnels. Avant elle, il n'avait connu que des aventures d'une nuit ou des liaisons très peu sentimentales. C'était la première fois qu'il caressait le corps d'une femme dont il était sincèrement fou. Et c'était sa Beatrice.

En chemin, il croisa Gianni, toujours aussi impressionnant, autant par sa carrure que par son mutisme. Le sourire du jeune homme se refléta dans ses yeux très expressifs, de teinte noisette, et d'instinct, il tendit sa grande main calleuse vers le guerrier en guise de salutation. Baldassarre la saisit aussitôt, dans une poignée de main franche et amicale, puis en profita pour l'attirer au plus près de lui. Les deux hommes faisaient la même taille et il n'eut qu'à pencher légèrement la tête vers la sienne pour lui murmurer à l'oreille :

— Gianni, tu sais que Bea est en danger. Demain soir, au bal des Monteverdi, il se passera quelque chose de grave et nous devrons la protéger. J'aurai besoin que tu restes devant le palais, avec un cheval, car nous quitterons les festivités très tôt pour nous échapper jusqu'à Spolète. Je devrai certainement assurer nos arrières et vous devrez me devancer. Afin de poursuivre le chemin ensemble, je propose que vous me rejoigniez dans le second village situé au sud, à *l'auberge des Franciscains*. Tu penses pouvoir le faire ?

Tout à coup drapé de solennité, Gianni acquiesça d'un mouvement de tête affirmatif.

— Tu es son plus fidèle ami, je sais qu'elle sera en sécurité avec toi. Oh… j'ai oublié de lui donner un poignard…

Baldassarre se recula de quelques pas et détacha le sien de sa ceinture en cuir pour la lui tendre.

— S'il te plaît, fabrique-lui une jarretière en cuir, afin qu'elle puisse accrocher cette arme autour de sa cuisse et ainsi la cacher sous ses jupons. Mieux vaut être prudent et l'armer également.

Le muet opina une fois encore de la tête et reçut avec sincérité l'accolade fraternelle que lui donna le *condottiere*. Leurs yeux pétillaient de fraternité et de reconnaissance commune, car ils œuvraient ensemble à la protection de leur précieuse Beatrice.

— Merci encore, mon ami.

L'autre écrasa sa grande paluche sur son épaule gauche, comme pour lui répondre, puis ils se quittèrent en prenant des chemins opposés : Baldassarre quitta la demeure pour rejoindre son cheval et Gianni disparut dans les corridors majestueux, en quête de Beatrice.

La fraîcheur de la nuit fut plutôt agressive pour le guerrier, qui s'était délicieusement noyé dans la chaleur du foyer et dans celle de son amante. Il avait quitté son nuage ouaté pour de nouveau affronter la froide réalité et les dangers qu'elle lui réservait. Les deux gardes de l'entrée le saluèrent alors qu'il s'éloignait vers sa monture et, là, il ne put s'empêcher d'observer les larges fenêtres illuminées de l'intérieur et tendues de voiles aériens. Une silhouette se dessinait en contre-jour dans l'encadrement de celle du milieu et la parfaite luminosité retraçait en toute fidélité les contours d'un corps svelte et généreux, d'une coiffure sophistiquée, un peu désordonnée…

Sans la moindre hésitation, il sut que c'était Beatrice qui était en train de l'épier.

Peut-être ne supporta-t-elle point trop de faire des mystères, car dans un geste énergique, elle tira sur le voile vaporeux qui servait de rideau pour se révéler à la lumière astrale de la lune. Une nouvelle pointe de désir taquina les reins de Baldassarre, alors qu'il plissait les yeux pour mieux capturer la beauté de son visage nimbé de reflets argentés.

La fenêtre n'était pas close et Beatrice tendit délicatement son buste et l'un de ses bras vers l'extérieur. Là, elle agita sa main avec élégance et il vit qu'elle tenait une petite bourse.

— Attrape !

La seconde suivante, elle lança la petite bourse dans les airs, qui suivit une trajectoire nette et parfaite jusqu'à la main agile de Baldassarre. Ses grands doigts pressèrent le velours du sac et sentirent les contours d'un petit objet arrondi, ainsi que le froissement d'un morceau de papier.

— Qu'est-ce ? lui demanda-t-il avec un sourire intrigué.

— Ouvre et tu verras.

Sa voix sensuelle lui parvint dans la nuit sur une traînée de notes badines et nourrit plus sûrement encore son désir encombrant. Bon dieu, il rencontrerait des difficultés à enfourcher sa monture s'il pensait encore à lui faire l'amour !

Empressé de découvrir ce qu'il y avait au fond de cette escarcelle, il en défit les liens, puis en sortit un médaillon en or, de la taille d'un ongle, au centre duquel deux chérubins s'enlaçaient en brandissant un minuscule rubis taillé en forme de cœur. La scène était d'un ravissement total et il se mit à caresser les doux reliefs du médaillon de son pouce, tout en écoutant la mélodie plus sonore des battements de son cœur.

Après quelques secondes de contemplation, il redressa de nouveau la tête, croisa ses yeux à travers la semi-pénombre et la vit bouger une main dans un signe d'encouragement, afin qu'il découvrît le reste du présent. Cette fois-ci, ses doigts attrapèrent un minuscule morceau de parchemin enroulé sur lui-même et scellé par un petit ruban de soie verte. Lorsqu'il le déroula, ses yeux lurent, avec une joie pétillante, les mots joliment écrits d'une graphie ronde et appliquée :

Les chérubins de ce médaillon nous représentent et les rubis ont la couleur de l'amour sacré qui nous anime.

Je me suis toujours promis de te l'offrir une fois que mon corps s'unirait enfin au tien. Garde-le en gage d'amour, ce talisman te protégera toujours.

Je t'aime.

B.

Profondément ému, Baldassarre relut trois fois le message en caressant le médaillon, puis releva enfin la tête pour contempler son amante toujours présente dans l'encadrement de la fenêtre. Il ne voyait pas suffisamment son regard pour définir la lueur qui y brillait, en revanche son sourire avait l'éclat des étoiles dans la semi-obscurité. Elle était heureuse, cela se sentait.

— Merci mille fois ! lui adressa-t-il en haussant la voix, et sa profondeur trouva son écho dans le cœur frémissant de la jeune femme.

Il rangea précieusement le talisman et le papier dans l'escarcelle de velours, puis la glissa dans la poche intérieure de sa grande cape de laine noire. L'instant d'après, il prenait place sur la selle de son beau cheval auburn, puis tourna une fois encore son visage vers la fenêtre où elle n'avait jamais cessé de l'admirer.

Là, il inclina la tête en signe de respect, puis lui lança d'une voix terriblement charmeuse :

— *Sogni d'oro, madonna*[1].

Il ponctua sa phrase d'un baiser lancé, puis éperonna sa monture pour partir au trot et disparaître dans l'obscurité de la rue, sous le regard enamouré de la belle bourgeoise.

* * *

Baldassarre pénétra dans la taverne où ses mercenaires avaient l'habitude de se retrouver après des travaux journaliers ou des journées d'oisiveté peu productive, à boire, à se bagarrer ou à dépenser toutes leurs économies entre les bras et les seins des filles aux mœurs légères. Sans trop de surprise, il repéra l'un de ses plus fidèles soldats, Felipe Molina, un Andalou de quarante ans, brun aux yeux gris, trapu et solide, qui chérissait autant les femmes que

---

1. Rêve d'or, madame.

les rixes. Cet homme avait escaladé des forteresses à ses côtés, combattu des loups pendant les longues marches de campagne et affronté de grands seigneurs avec panache et audace. Rien ne lui résistait vraiment.

Felipe s'était lié d'amitié avec Baldassarre, qu'il estimait énormément et considérait comme l'un des meilleurs *condottieri* de sa génération. Le plus jeune l'avait sauvé de la mort à plusieurs reprises et en gage de reconnaissance, l'espagnol lui vouait une fidélité sans faille.

— *Condottiere* ! lancèrent plusieurs mercenaires en le voyant. Vous venez boire avec nous ?

Baldassarre esquissa un sourire et vint se glisser sur le banc qu'occupaient déjà trois de ses hommes, quasiment affalés sur la table en bois de la grande taverne.

— Volontiers. J'aimerais aussi que vous m'écoutiez sérieusement, car j'ai une mission à vous confier.

Felipe, assis à la table voisine, avait perçu les propos de son chef et se leva pour s'établir derrière lui.

— Nous sommes toujours très attentifs à vos paroles, *condottiere*.

— Parfait.

Après s'être assuré que personne n'espionnait leur conversation, le guerrier leur exposa discrètement la nature et les conditions de la mission. Pendant qu'il parlait, il repéra au loin un trio d'hommes encapuchonnés, qui venait grossir les effectifs des clients déjà bien avinés et pour certains agités. Il y eut un peu de grabuge au fond de la très vaste pièce, mais cela ne perturba en rien le *condottiere*. Il continuait ses explications avec le calme et l'assurance d'un stratège.

Une fois ses hommes convaincus, il sortit de sous sa cape une bourse alourdie de pièces et leur distribua le premier versement de leur prime. Et, alors qu'il répartissait son argent, ses yeux se perdirent un peu plus loin, vers les clients turbulents. Ce fut à ce moment précis qu'il remarqua Ludovico Foscari et Alvise Petroia dans une encoignure de l'auberge, plongés dans une conversation trouble avec des inconnus.

Apparemment, il n'était pas le seul à solliciter les services de mercenaires. Cela devait certainement être lié à la mort mystérieuse du serviteur et à la disparition du poison.

S'ils savaient que Beatrice était en réalité derrière tout cela.

8

Le palais des Monteverdi avait été magnifiquement décoré pour le bal organisé en l'honneur des trente ans du maître des lieux. Des guirlandes de fleurs blanches et bleues ornaient les rampes des escaliers, grimpaient sur les poutres en bois et accompagnaient les succulents plats disposés sur les grandes et larges tables dressées à l'intention des cent invités. Il y avait là les plus riches et les plus influents notables de Vérone, aussi bien des aristocrates que des marchands fortunés. Les frères Monteverdi ne faisaient jamais rien au hasard et poussaient le détail jusqu'à atteindre la perfection. Giacomo avait loué les services d'un chef cuisinier génois, de passage dans la ville pour quelques mois, ainsi que ceux de comédiens bohémiens, connus pour se produire dans le sud de la France, en Espagne et dans la péninsule italienne. Parmi eux, se trouvaient une diseuse de bonnes aventures, des acrobates, des cracheurs de feu et des conteurs de fables.

Baldassarre était déjà présent, et conversait avec un armateur de guerre vénitien, lorsque Beatrice fit enfin son entrée dans la vaste salle de bal, aux côtés de son père et de sa belle-mère. Comme s'il avait instinctivement senti sa présence, le *condottiere* cessa toute conversation et son regard convergea vers l'entrée pour se river sur elle. Il ne respira plus durant quelques secondes et d'autres hommes présents, dont Giacomo, eurent la même réaction.

Les femmes qui l'avaient également remarquée lui décochèrent en revanche des regards noirs, voire hautains.

Trop de beauté rassemblée en une seule femme devait forcément être méprisable pour celles qui n'en possédaient pas autant. D'ailleurs, celle qui pouvait prétendre être aussi belle, voire plus belle que Beatrice à Vérone, n'était pas encore née.

— Mais qui est cette femme, *messer* ? demanda l'armateur vénitien à l'adresse de Baldassarre, toujours incapable de détourner son regard de son amante.

Le concerné ne répondit pas tout de suite, si bien que son interlocuteur également happé par le spectacle ravissant qu'offrait la jeune femme en robe bleu nuit, dut réitérer sa question une seconde fois.

— C'est Beatrice Bartolo, l'épouse de Ludovico Foscari, l'un des plus puissants notables de la ville.

— Le vieillard qui l'accompagne ?

— Non, lui, c'est son père. Son mari n'est pas encore arrivé.

— Oh, il me tarde de voir à quoi ressemble ce dernier.

À un vaurien que nous allons bientôt anéantir.

— Il ne devrait pas tarder.

Baldassarre avait parlé sans la lâcher de ses yeux pénétrants. Pour cette prestigieuse occasion, Beatrice s'était habillée d'une magnifique robe de velours et de soie sauvage bleu nuit, rehaussée d'arabesques brodées au fil d'argent qui n'étaient pas sans évoquer la fantaisie ottomane. De la belle dentelle écrue finissait les longues manches serrées de sa toilette en s'ouvrant telles des corolles de fleurs à la naissance de ses mains racées, sobrement baguées. Quant à l'échancrure de son décolleté, elle prenait la forme d'un cœur en valorisant délicieusement sa poitrine pleine, au-dessus de laquelle pendait un collier de perles blanches où un « B » en or s'accrochait en frôlant avec malice le sommet de ses seins.

Malgré les neuf ou dix mètres de distance qu'il y avait entre eux, Baldassarre eut un peu plus chaud en laissant son regard errer sur ses seins merveilleux, qu'il avait découverts pour la première fois hier et qu'il rêvait de suçoter entre deux gorgées de vin épicé.

Inspire profondément.

Le guerrier s'obligea à redresser les yeux pour les perdre sur le visage de la jeune femme, légèrement maquillé et embelli par une paire de grosses perles pendantes. Vraisemblablement, elle avait voulu mettre à l'honneur les perles ce soir, car une rangée de ces petits boutons nacrés avait été tressée à ses magnifiques cheveux bruns pour former une natte épaisse, qui tombait jusque sur ses reins.

Beatrice était à la fois l'incarnation de la Madone et d'Aphrodite, un mélange contrasté qui suscitait admiration et désir.

La bourgeoise était toujours en beauté, mais ce soir, elle lui paraissait divine, sortie d'un mythe d'Ovide pour envoûter toute cette assemblée d'admirateurs secrets, lors de cette dernière nuit à Vérone. C'était sa façon grandiose de dire adieu.

Regardez-la, car c'est la dernière fois que vous la voyez, dit mentalement le *condottiere* en remarquant les regards fascinés que lui décochaient les seigneurs alentour. *Demain, à l'aube, elle ne sera qu'à moi.*

Baldassarre tressaillit de désir lorsque les yeux bleus de la jeune femme rencontrèrent enfin les siens. Ils étaient toujours à quelques mètres de distance et son regard tout d'abord sérieux, voire distant, prit soudain une teinte plus lumineuse en le voyant là, dressé parmi cette cour de courtisans qui l'ennuyaient déjà.

Elle n'était ici que pour lui.

Viens me voir, semblait-elle lui ordonner.

Sans perdre une seconde de plus, Baldassarre se tourna vers l'armateur vénitien et lui dit, avant de courber élégamment la nuque :

— Excusez-moi, *messer*, je dois saluer une vieille amie.

— Je vous en prie, *messer* Torelli.

Beatrice le vit ensuite avancer dans sa direction, altier et séduisant dans sa longue tunique noire qu'il portait jusqu'aux genoux, par-dessus des braies noires. Une ceinture de cuir et d'argent le ceignait à la taille en soutenant un petit poignard précieux, tandis qu'une petite croix en or pendait au bout d'une chaîne dorée en se fixant sur le haut de son torse puissant. Pendant qu'il marchait vers elle, semblable à un lion nonchalant et magnétique, plusieurs regards féminins se posèrent discrètement sur lui et certaines se mordillèrent la lèvre inférieure face à la sensualité de sa grande main bronzée, qu'il glissa dans ses longs cheveux noirs pour y remettre de l'ordre.

Baldassarre Torelli aurait pu ressembler à ces glorieux templiers des temps anciens. Il dégageait quelque chose de puissant, de mystique. En revanche, son charme tenait de la diablerie tant il étourdissait les esprits les plus purs, qui se gorgeaient de pensées érotiques à chacun de ses passages. En outre, les sept années passées loin des intrigues de Vérone l'avaient rendu exotique et sa différence en était devenue fascinante. Toutes les femmes voulaient rattraper le temps perdu à ses côtés, heureusement que la présence de leurs époux les réfrénait.

Mais à l'ombre du secret et sans rien demander, Baldassarre pouvait tout obtenir d'elles s'il le voulait.

Tout de moi, pensa Beatrice en réprimant une envie folle de se jeter dans ses bras pour l'embrasser à en perdre haleine et ainsi, marquer son territoire aux yeux de toutes ces chattes de salon.

Contenir ses élans sembla resserrer les liens de son corsage et elle dut inspirer profondément pour retrouver ses esprits et ne pas s'étourdir.

En quelques secondes, Baldassarre fut devant elle, son père et Veronica, sophistiquée dans sa toilette de soie et de velours jaunes, quoique bien pâle en comparaison de sa belle-fille. Il s'apprêta à les saluer, mais déjà le maître des lieux apparut derrière lui en le devançant avec entrain :

— *Messer* Domenico, quelle joie de vous accueillir en ma demeure, en compagnie de votre charmante épouse !

Giacomo saisit la main baguée de Veronica pour y déposer un baiser chaste, ce qui fit naître un sourire satisfait sur ses fines lèvres rouges, puis il se tourna vers Beatrice, l'œil plus lumineux encore.

— Et surtout, de votre fille, poursuivit-il en répétant le même geste galant, avec toutefois plus de sincérité. Tu es resplendissante, Beatrice. Le véritable joyau du bal.

La jeune femme ne se laissa pas troubler, au contraire, elle émit un petit rire moqueur et retira galamment sa main en répliquant :

— Cesse tes flatteries, Giacomo. Nous savons tous que le véritable joyau du bal se trouve là.

Et de son regard intense, elle montra le gros saphir bleu sombre qui pendait lourdement au bout de la chaîne en or qu'avait mise Giacomo par-dessus son pourpoint de velours beige. Une acquisition de roi.

— J'ai ouï dire que tu l'avais acheté à un vénitien, qui l'a lui-même acheté à un pacha ottoman.

Giacomo élargit son sourire faunesque qui révéla sa dentition parfaite, puis répondit de son air toujours badin :

— Tu es bien informée, Beatrice. Rien ne t'échappe.

— Comme toujours, répliqua-t-elle avec un petit sourire espiègle avant de se tourner à nouveau vers Baldassarre. J'ai des fourmis plein les jambes. Voudrais-tu m'emmener danser, Baldo ?

Le concerné n'attendait que cet ordre. Après une petite inclinaison respectueuse de la tête envers *messer* Domenico, il proposa son bras à Beatrice, qui le saisit galamment pour le suivre jusqu'à la piste de danse où plusieurs couples se mouvaient déjà sur une basse danse, alors très en vogue dans les cours européennes. Quatre musiciens jouaient du luth, du tambour, de la flûte et de la lyre. La musique était entraînante, langoureuse.

— Tout va bien ? Je te sens crispé, demanda Beatrice.

Crispé de désir et de possessivité.

— Eh bien, à vrai dire, si je pouvais crever les yeux de tous les hommes qui te dévisagent, j'en serais heureux, murmura Baldassarre alors qu'ils continuaient de marcher le long de la salle bruyante, non sans attirer les coups d'œil curieux des commères et des envieux présents sur leur chemin.

Alors qu'elle saluait de loin quelques connaissances, sans jamais perdre son sourire gracieux, Beatrice ironisa :

— Il faut toujours que tu sois sanguin, même dans tes propos.

Il esquissa à son tour un sourire en coin et posa ensuite une main sur sa taille, sans toutefois rendre le geste inconvenant et déplacé. Après tout, Beatrice était une femme mariée et il ne fallait pas entacher sa réputation ce soir. Toutes les femmes qui la jalousaient, en particulier sa marâtre, n'attendaient qu'un scandale pour la discréditer aux yeux de la bonne société et avaliser les rumeurs ignobles qu'elles mouraient d'envie de propager sur elle.

— Je suis possessif, tu le sais.

— Oh oui, tu es pire que moi.

— Oh, ça j'en doute.

Beatrice émit un charmant rire éthéré et lorsqu'ils s'arrêtèrent enfin au milieu de la piste, elle lui souffla du bout des lèvres, sur un ton suave :

— Tu m'as manqué toute la nuit dernière et durant toute cette journée.

Là, ils se placèrent face à face, paume contre paume, puis commencèrent à ébaucher les pas de danse lents et majestueux auxquels se pliait toute l'Europe occidentale de ce XVe siècle flamboyant depuis quelques décennies déjà. Baldassarre se mouvait avec majesté et souplesse, alors que Beatrice mettait énormément de grâce et de sensualité dans ses gestes, sans paraître faire le moindre effort. Sa robe froufroutait avec coquetterie à chacun de ses pas et ses perles étincelaient sous les flammes des cierges fixés aux lustres. Ils dessinaient ensemble des cercles poétiques au milieu des autres danseurs et les notes bohémiennes des instruments donnaient de la densité à leurs mouvements parfaits.

Lui ressemblait à Pluton, venu visiter les vivants en compagnie de son énigmatique épouse, Proserpine. Et s'il n'avait pas dansé depuis bien des années, il retrouvait à ses côtés le rythme de la sensualité et de la grâce.

— Tu m'as bien plus manquée. J'ai dû faire des choses diaboliques pour moins souffrir de ton absence, lui susurra-t-il à l'occasion d'un rapprochement, et elle sentit contre sa joue la chaleur de son haleine délicieusement parfumée.

Une lueur d'excitation brûlait dans le fond de ses yeux aussi noirs que l'obsidienne.

— Ah oui ? Lesquelles ?

Il y avait une douce provocation dans les yeux bleus de la jeune femme, dans la courbure de son sourire pulpeux et dans le mouvement de sa longue tresse brune, si belle qu'on voulait s'y accrocher pour tirer dessus, pour la renifler et se griser du parfum poudré qui s'y accrochait. Quant à sa robe princière, elle obéissait à chacun de ses gestes éthérés dans un chuintement coquin en frôlant par moments ses jambes musclées. Et lorsque leurs deux corps se rapprochaient, l'appel du désir semblait crépiter au-dessus d'eux dans une explosion de flammes invisibles. Seul un aveugle aurait ignoré l'alchimie qui reliait ces deux amants maudits.

— Je ne peux pas te les dire… en revanche, je peux te les montrer, dit-il d'une voix basse et enraillée.

Le désir gonflait dans le ventre de Baldassarre, qui bénit sa tunique épaisse, car elle dissimulait aux yeux de tous le renflement honteux de son sexe. Ce qu'ils avaient fait hier, sans pudeur, devant la cheminée, il rêvait de le reproduire ici même, sur cette piste de danse et au rythme de cette mélodie langoureuse.

— Vraiment ? Je veux voir çà tout de suite.

Beatrice était également une vraie démone. Au milieu de son visage angélique brillait un regard bleu où les reflets de l'excitation brûlaient sans honte. Il vit à ce moment-là sa poitrine se soulever de manière erratique et cela n'était pas seulement dû à la danse, non elle tremblait des mêmes envies que lui.

— J'aimerais beaucoup… Malheureusement, ma colombe, nous devons rester vigilants. Ton mari et ses sbires pourraient nous surprendre à n'importe quel moment.

Cette fois-ci, Beatrice soupira alors qu'il agrippait l'un de ses poignets pour la faire tournoyer sur ses ravissantes ballerines de velours bleu foncé, avant de se rapprocher d'elle, le torse frôlant son dos. Les yeux bleus observèrent les quelques personnes amassées autour de la piste pour contempler les couples de danseurs et il poursuivit en lui soufflant à l'oreille :

— Sans parler de ta belle-mère.

— En parlant de cette vipère, elle est juste devant nous.

Désabusée, Beatrice toisait Veronica et lorsque Baldassarre releva la tête pour regarder à son tour la belle Vénitienne, son cœur cabriola dans sa poitrine. Ce furent les yeux sombres et mauvais de Ludovico Foscari qu'il croisa aussitôt, comme s'il l'avait attiré par magnétisme.

Ce fumier.

Son ennemi était donc arrivé, escorté d'Alvise Petroia et de deux sbires aux airs patibulaires. Malgré leur minceur et leur taille moyenne, ces deux-là faisaient peur. Arrogant et distingué dans son pourpoint rouge foncé brodé d'or, Ludovico était planté aux côtés d'une Veronica aux lèvres perfides, et il scrutait avec intensité le couple que formaient Beatrice et le *condottiere*. D'instinct, Baldassarre crispa plus fermement la main de la jeune femme dans la sienne, mais il dut toutefois se reculer à une distance convenable pour n'attiser aucun doute. Par coïncidence, les dernières notes de la mélodie s'évanouissaient à ce même moment.

Il y eut des applaudissements, des compliments et les couples de danseurs se dispersèrent pour se mêler aux autres invités et laisser la place à de nouveaux tandems. Beatrice croisa à son tour le regard de son mari, il était aussi froid que scrutateur, puis elle eut le malheur de tomber dans celui d'Alvise, son pire ennemi. Il avait un rictus indéchiffrable et elle ressentit tant de dégoût à sa vue qu'une nausée la saisit brusquement. Comme à chaque fois, elle eut l'impression de lire le jour et l'heure de sa mort à travers ses yeux de vautour, de sentir la pestilence de l'Enfer autour de lui. Car, oui, cet homme n'attendait qu'une seule chose : son trépas.

Il mijote un plan que j'ignore.

— Ma chère femme, tu es absolument radieuse dans cette toilette, dit soudain Ludovico d'une voix forte et le visage indescriptible.

— Merci, répondit Beatrice à distance, sans faire le moindre effort pour sauver les apparences.

Elle n'était plus d'humeur joviale et quelques fins observateurs le notèrent. C'était compréhensible. Ludovico Foscari n'était pas le genre d'homme à susciter de la sympathie, au contraire, il comptait même un grand nombre d'ennemis dans Vérone, et au-delà. Beaucoup plaignaient en silence la pauvre bourgeoise, si malheureusement mariée par un père trop ambitieux et quelque peu naïf.

— Tu viens nous rejoindre ?

L'ire chevillée au corps et à contrecœur, Baldassarre guida la jeune femme jusqu'à son époux en se faisant violence pour ne pas l'égorger d'un coup de poignard vif et adroit. Il en mourait d'envie. Cela réglerait le problème, certes violemment, mais définitivement.

Dompte-toi. Ce n'est pas le moment.

Semblable à une sentinelle aux côtés de Beatrice, Baldassarre se matérialisa devant Ludovico, Alvise, Veronica et les deux sbires, puis les dévisagea de son regard sombre et impénétrable. Il se savait impressionnant, parfois écrasant, d'autant plus qu'il les dépassait tous d'une tête au moins. D'un coup de poing bien placé, il pouvait fracasser le crâne de l'un de ces hommes. Cependant, le statut d'époux conférait à Ludovico tous les droits sur Beatrice, pour le meilleur, mais surtout pour le pire. Les lois si injustes, écrites par les hommes pour opprimer les femmes, pesaient en leur défaveur et s'il le voulait, sur une seule accusation d'adultère, Ludovico pouvait abattre Beatrice de ses propres mains, sans que personne ne pût s'y opposer, au risque d'enfreindre les règles. Bien sûr, il fallait une preuve pour accuser une femme d'adultère, mais si Baldassarre se laissait aller à ses passions destructrices, alors cela serait considéré comme tel.

Patience, Baldo. Patience.

Après quelques secondes silencieuses, Ludovico s'adressa poliment à Baldassarre, un rictus toutefois niché à la commissure des lèvres :

— *Messer* Torelli… J'ignorais que vous maîtrisiez aussi bien l'art de la guerre que celui de la danse.

— J'ai toujours pensé qu'un homme accompli devait en maîtriser trois : celui de la guerre, celui de la cour et celui de la danse.

Le *condottiere* avait adopté un ton mesuré, sans une once de provocation dans la voix. Beatrice n'exprima rien, cependant Veronica laissa échapper un petit rire élégant, un brin séducteur, alors que ses yeux se promenaient sur la belle carrure du brun ténébreux.

— Je savais bien que vous étiez un homme dangereux, renchérit cette dernière avec manière. Les hommes qui savent danser sont une vraie menace pour les femmes vertueuses. N'est-ce pas, Beatrice ?

Les yeux bleus se posèrent sur le visage de la marâtre et la toisèrent avec un dédain offusquant. La Vénitienne dut mordre l'intérieur de sa joue pour ne pas la gifler et effacer ainsi l'éclat de mépris qui la souillait.

Cette petite garce paierait au moment venu.

— La danse n'a jamais mis en péril la vertu des femmes, Veronica. Mais celles qui évoquent cela parlent peut-être d'expérience…

Pique pour pique.

Si Baldassarre ressentit toute la tension des deux femmes jusque dans ses os, Alvise suivit l'échange avec un regard satisfait, presque pétillant. Il adorait assister à leurs querelles de temps à autre, cela mettait de l'animation autour de lui, néanmoins le temps leur manquait ce soir et ce fut avec autorité que Ludovico décréta :

— Allons rejoindre le banquet pour faire honneur à notre cher Giacomo.

Ses dents grincèrent en prononçant ce prénom qu'il haïssait au fond de lui, mais il parvint à se façonner une expression cordiale. C'était l'art de l'hypocrisie qu'il maîtrisait avec brio.

Beatrice opina d'un mouvement de tête docile, avant de décocher un regard en biais vers Baldassarre. Elle était excellente comédienne. Ses belles manières et sa diplomatie innée dissimulaient parfaitement son cœur en insurrection et sa haine pour les hommes qui l'escortaient désormais jusqu'au grand banquet où s'était regroupée la majorité des convives.

— Je vais pour ma part retrouver mes frères et leurs femmes, dit simplement le *condottiere*, non sans décocher un bref coup d'œil à Beatrice.

— Très bien. À plus tard, *messer* Torelli. J'espère que vous m'inviterez à danser.

Il dirigea son regard obscur vers une Veronica espiègle et poliment, lui répondit :

— Je crois que de nombreux courtisans se bousculeront devant moi pour obtenir ce privilège, *signora*. Je n'aurai aucune chance.

Et sans même la laisser poursuivre, il se détacha du groupe en s'éloignant vers la table où ses proches se faisaient tirer les cartes par la diseuse de bonnes aventures. Depuis cet emplacement, il surveillerait discrètement son amante et leurs ennemis. Et d'ici quelques heures, les pleutres qui souhaitaient sa mort seraient condamnés pour leur vilenie.

Jusque-là, il fallait ronger son frein en toute intelligence et dissimulation.

9

Le temps s'écoulait à une lenteur insoutenable. Beatrice attendait avec une impatience fébrile le moment de la fuite et de la sentence pour ses oppresseurs. Les festivités, la densité du bruit environnant et son appréhension l'étourdissaient réellement. Ses jambes lui paraissaient aussi fragiles que du blé malmené par le vent, son estomac ressemblait à une marmite en ébullition alors qu'une barre de fer imaginaire sciait son crâne. Elle n'en pouvait plus de rage et d'appréhension.

Assise sur un tabouret matelassé de la grande salle de bal, et entourée de ses pires ennemis, à savoir son époux, Alvise et Veronica, Beatrice luttait contre l'envie folle de saisir le poignard qu'elle gardait contre sa cuisse, grâce à la jarretière en cuir que lui avait fabriquée Gianni dans la matinée, pour les assassiner à tour de rôle. Même Veronica méritait de mourir pour la façon hypocrite et abusive dont elle traitait en réalité son propre père. Le pauvre *messer* Domenico se laissait aveugler par les charmes de son épouse manipulatrice, laquelle le cocufiait au vu et au su de tout le monde sans qu'il ne réagît. Il était pourtant au courant de ses aventures, puisqu'elle ne prenait même pas la peine de s'en cacher. En réalité, elle nourrissait un malin plaisir à séduire, sous ses propres yeux, le premier gentilhomme attirant qui croisait son chemin.

Je vous maudis tellement... vous brûlerez tous les trois en Enfer, se dit Beatrice en les regardant à tour de rôle, l'expression indéchiffrable.

Alvise et Veronica l'épiaient souvent, comme s'ils désiraient lire les pensées qui défilaient nerveusement derrière son front noble et ses yeux de glace.

La jeune femme pouvait être une véritable énigme.

— Tu as l'air mal à l'aise et tellement éteinte, Beatrice. Que se passe-t-il ? demanda Veronica avec un regard insistant, avant de croquer dans une olive verte.

Elle tenait dans une main une coupe remplie d'olives vertes, qu'elle picorait à l'aide d'un petit pic en argent.

Beatrice rencontra de nouveau les yeux de sa belle-mère, puis ceux d'Alvise, tout aussi fureteurs et diaboliques. En plus d'être venimeux, cet homme était réellement désagréable à regarder selon ses propres critères. Il était plutôt mince et moyen de taille, avait la peau olivâtre, un visage oblong, une bouche grossière qui s'ouvrait sur des dents de loup, et des yeux dérangeants, vert clair. On aurait deux pièces de monnaie posées sous d'épais sourcils bruns, aussi fournis que sa tête, recouverte d'une crinière de cheveux châtains parfaitement ondulés. Seule sa chevelure valait la peine d'être complimentée.

Regardez-vous, vous ressemblez à deux murènes hideuses.

— Tu devrais être satisfaite, cela te permet de briller un peu en société, non ? répliqua Beatrice avec un rictus sardonique, et cette réponse alluma des éclairs dans le regard de sa belle-mère.

Cette dernière pinça les lèvres en mâchonnant de colère le reste de son olive.

Pourvu qu'elle s'étouffe avec le noyau, pensa la jeune femme, mais elle vit sa rivale le recracher avec sécheresse dans la petite coupe.

— Que t'ai-je fait pour que tu sois aussi désagréable avec moi ?

— Disons que tu ne cesses jamais de me provoquer.

Par bonheur, d'ici quelques heures, elle n'aurait plus l'occasion de revoir cette horrible marâtre. C'était alors la dernière occasion de la remettre une bonne fois pour toutes à sa place.

— Je ne te provoque pas, Beatrice. Disons que je suis souvent d'humeur badine.

— Pour badiner, en effet, tu es toujours présente, ironisa la Véronaise.

Cette réplique attira l'attention de son mari, qui daigna enfin la regarder. Il était assis à ses côtés, sur un autre tabouret.

— Voyons, Beatrice, je t'ai connue plus cordiale.

Un frisson désagréable la traversa en même temps qu'elle promenait son regard plus loin dans la salle, vers la table où Baldassarre était accoudé. Il était à une dizaine de mètres de distance, entouré d'autres hommes, et semblait passer un moment agréable. Mais elle devinait la tension qui raidissait ses muscles et l'attention discrète qu'il lui accordait. En réalité, il n'avait jamais cessé de surveiller le petit groupe qu'elle formait avec ses ennemis et, au moindre signe d'alerte, il réagirait pour la secourir.

Comme elle était rassurée de le savoir aussi proche. Il y avait également les frères Monteverdi qui la veillaient secrètement, et Gianni, toujours fidèle, qui attendait patiemment à l'extérieur qu'on sollicitât son aide. Et puis, son père était aussi présent, même si ses affaires et sa mauvaise foi l'empêchaient de voir et d'accepter la triste condition de son unique fille.

Dans son malheur, Beatrice était tout de même protégée par des hommes incroyables, prêts à se sacrifier au nom de sa vie et de son bonheur.

— Ne vous en faites pas, Ludovico, je comprends qu'une femme éloignée de son amant soit aussi irritable, susurra Veronica en ponctuant sa phrase d'un petit rire venimeux, alors que ses propos jetèrent littéralement un froid glacial entre eux.

La garce !

Beatrice se figea en scrutant sa belle-mère, le cœur en transe, mais le corps immobile, toujours aussi gracieux dans sa posture altière. Heureusement qu'elle maîtrisait l'art de la dissimulation, car personne à part Baldassarre n'aurait pu déceler son trouble et ses battements de cœur de plus en plus désordonnés.

Il ne fallait pas donner satisfaction à cette femme en dévoilant une quelconque émotion.

— Quel amant ?

Ludovico avait craché sa question, l'œil sec.

— N'aie crainte, mon mari, cette femme s'est laissé enivrer par le vin. Avec tout ton réseau d'espions, tu le saurais depuis longtemps si j'avais osé prendre un amant, répondit froidement Beatrice, le regard toujours vissé à celui de Veronica, dont les ailes des narines frémissaient désormais avec énergie.

La haine faisait gonfler son corsage sous une respiration de plus en plus hachée.

— Ah, crois-tu t'en sortir comme ça ? déclara Veronica.

Le visage déformé par l'inimitié, la Vénitienne prit un grand plaisir à lancer d'une voix tremblante et peu contenue :

— Pour votre gouverne, Ludovico, votre irréprochable épouse a couché hier soir avec Baldassarre Torelli dans la demeure de son père. Vous pensiez la mettre en sécurité, mais en réalité, vous lui avez permis de s'adonner au plus humiliant des péchés : l'adultère.

Adultère.

Ce mot virevolta quelques instants dans son esprit en feu, puis disparut en fumée devant ses yeux irrités.

Ne laisse transparaître aucune faiblesse. Ne leur donne pas cette satisfaction.

Beatrice était dure de caractère et d'esprit. Lors, elle ne laissa aucune émotion fendiller son visage. Il lui fallut énormément de maîtrise de soi, mais elle était habituée à ce genre d'exercice depuis des années déjà, et ses interlocuteurs furent un peu surpris par sa froide réaction. Même Ludovico en fut plutôt impressionné. Connaissait-il vraiment son épouse ?

S'ensuivit un silence de plomb, qui rendit l'atmosphère étouffante. Ludovico et Alvise l'étudiaient avec la plus grande minutie lorsque soudain, dans un effet de surprise totale, Beatrice libéra un rire mélodieux et séduisant. C'était une véritable provocation, une gifle qu'elle donnait à son adversaire ahurie.

— Comme tu es divertissante, Veronica. Tu as vraiment une imagination débordante. Mon père a-t-il découvert cette part fort sympathique de ta personnalité ?

Derrière son intonation mielleuse, Beatrice se fit incisive. Elle montrait les crocs avec force élégance et cela fit rougir sa belle-mère jusqu'aux yeux, qui fut en retour incapable de contrôler ses émotions et ses paroles.

— Je vous ai entendus hier soir, petite dévergondée !

— Tu nous as entendus ? Voilà une sacrée preuve.

— Si ce que ta belle-mère dit est vrai, Beatrice, je te ferai enfermer à vie dans un couvent, la menaça Ludovico en l'agrippant fermement au bras, l'air très menaçant.

Beatrice sursauta un peu au contact de sa poigne vigoureuse. Il lui faisait mal, mais elle ne se laissa pas impressionner et tout en tournant son visage vers le sien, répliqua d'une voix dangereusement calme :

— Ne t'en fais pas, cher époux, cette allégation est aussi fausse que les rumeurs d'homosexualité qui circulent sur toi et Alvise. Si les autorités religieuses le savaient, vous risqueriez de croupir en prison jusqu'à la fin de votre vie ou, tout simplement, de la perdre. Tu peux donc retirer ta menace.

Touché.

Beatrice se sentit diabolique et jubila de la peur qu'elle vit successivement naître dans les yeux plissés des deux hommes.

Vous n'êtes que des couards.

Comme il était jouissif de voir ces deux assassins murés dans leur silence et dans leur propre angoisse. Ils ne s'étaient guère préparés à une telle audace de sa part. L'effet de surprise fut détonnant.

Ludovico demeura muet quelques instants, puis il articula d'une voix si grave qu'elle semblait sortir de ses entrailles nouées :

— Tu n'oserais pas porter de telles accusations, n'est-ce pas ?

Beatrice le toisa avec hauteur.

— Comme tu n'oserais pas attenter à la vie ou l'intégrité de ton épouse irréprochable, n'est-ce pas ?

Un autre silence s'installa et ils crurent suffoquer.

Les personnes alentour ne pouvaient percevoir la teneur de leurs propos, mais la tension glaciale qui surplombait dorénavant leur petit groupe intrigua les plus curieux, dont le *condottiere*. Baldassarre n'avait à aucun moment baissé la garde et subodorait à présent le tournant que prenait leur conversation. Il fallait agir vite. Sans attendre, il se détacha de son emplacement pour rejoindre Giacomo, jamais très loin et surtout attentif aux faits et gestes de son grand rival, Ludovico Foscari.

En parallèle, Beatrice s'était gracieusement levée et avec une révérence irrévérencieuse à l'adresse de ses trois ennemis, elle lança :

— Je vais désormais rentrer chez mon père, et ne vous avisez pas de me retenir ou d'écourter votre présence au bal, cela risquerait d'être interprété comme un affront. Bien sûr, vous ne voulez pas abîmer vos rapports avec les Monteverdi.

Elle n'eut aucune réponse en retour et put ainsi s'enfuir en beauté, la démarche digne et le regard vainqueur. Toutefois, elle n'était pas assez sotte pour savoir que ce n'était là qu'une petite victoire. Ludovico et Alvise ne tarderaient pas à trouver un moyen de répliquer et de la punir. Sévèrement. Il était alors impératif de quitter la ville tout de suite, aux côtés de Baldassarre. D'ailleurs, alors qu'elle s'éloignait vers l'autre extrémité de la salle, elle croisa son regard et cela suffit à lui donner le signal du départ.

— BEATRICE !

Le regard complètement fou et la rage collée au visage tel un suaire, Ludovico Foscari avait hurlé le prénom de son épouse en se redressant de toute sa hauteur. Son cri résonna dans la salle de bal et alerta tout le monde, les conversations moururent sur les lèvres et les instruments se turent avec brusquerie. Même les mouvements se suspendirent alors que la totalité des regards convergeait sur le richissime marchand et sur sa femme, laquelle s'était statufiée sur place alors qu'elle voulait visiblement lui échapper.

Le souffle court, et abasourdie par le comportement de cet homme, elle n'osa pas se retourner. Baldassarre étudia la scène en portant d'instinct une main à son poignard, prêt à le dégainer pour attaquer l'époux indigne qui osait humilier, en public, la femme qu'il aimait.

— Beatrice, sale catin, je vais te punir pour m'avoir déshonoré avec Baldassarre Torelli !

Mon Dieu.

La jeune femme eut la sensation qu'un seau de lave brûlante se déversait sur sa tête en la métamorphosant en statue de pierre. En réalité, une épaisse pellicule de sueur recouvrit sa peau, alors que son souffle s'arrêta net en privant ses poumons d'air. Elle était tétanisée. De surprise et de fureur.

Un gros nuage d'exclamations et de murmures scandalisés emplit la salle, tandis que l'on regardait, avec des yeux arrondis, Beatrice, Ludovico et Baldassarre. Ce dernier était prêt à bondir sur celle ou celui qui jetterait la première pierre sur son amante.

Je dois la sortir d'ici !

— Foscari, vos accusations sont extrêmement graves ! décocha aussitôt Giacomo d'une voix de stentor, ses pas le guidant vers une Beatrice accablée. Je ne vous ai pas convié pour humilier votre épouse en public !

— Votre infamie salit les noms des Bartolo et des Torelli. Je vous provoque en duel pour avoir osé nous avilir ! s'exclama cette fois-ci Baldassarre avec courroux, le poing armé et prêt à charger tel un taureau sauvage.

Cependant, ses frères qui n'étaient pas bien loin le rattrapèrent de justesse aux bras, afin d'éviter un carnage certain.

Face à la colère de son amant et à la stupéfaction de son père silencieux, aussi pâle que la mort, Beatrice sentit le sang lui monter à la tête, cogner avec violence contre ses tympans, puis redescendre aussi vivement vers le reste de son corps. L'humiliation qu'elle subissait était si grande qu'elle n'eut plus la force physique de la supporter et ses jambes se dérobèrent dangereusement sous son poids. Giacomo arriva à temps pour la soutenir sous les aisselles et l'empêcher de chuter au sol.

— Bea, je suis là. Reste éveillée.

Elle l'était, cependant, il devait demeurer à ses côtés pour la soutenir dans cette terrible épreuve.

— C'est vous qui avez souillé mon nom en couchant avec ma femme ! cria Ludovico en guise de riposte, le regard cimenté à un Baldassarre en feu.

Celui-ci parvint à échapper aux mains fraternelles et se dirigea obstinément vers le mari de son amante, aussi déterminé qu'Achille face aux troupes troyennes. Si un obstacle se dressait sur son chemin, il le repousserait méchamment, sans regret. D'ailleurs, plus aucun homme ne chercha à réfréner l'élan de ce guerrier furieux. Seul le fracas assourdissant qui résonna tout à coup dans la salle de bal saisit son attention et celle de toute l'assistance.

L'un des serviteurs fit tomber une caisse en bois par terre et dans le choc, les bouteilles qui s'y trouvaient se fracassèrent avec beaucoup de bruits, tandis que son couvercle s'ouvrit en libérant deux serpents.

Une nouvelle vague de cris résonna dans la salle quand les convives commencèrent à courir en tous sens pour s'éloigner au plus loin des serpents, en grimpant sur les meubles ou en s'échappant vers des pièces annexes. En réalité, les serviteurs complices leur indiquaient le chemin pour les mettre à l'abri de l'affrontement qui arriverait très prochainement en opposant le clan des Monteverdi à celui du Foscari.

Face à la situation catastrophique qui mettait en péril leur plan, Massimo Monteverdi avait ordonné aux serviteurs d'apporter les cadeaux et de provoquer volontairement un accident avec la caisse de *messer* Foscari.

Tout était orchestré.

Ce nouvel éclat priva Ludovico de sa force. De rouge aubergine, son teint vira au blanc cadavérique lorsqu'il comprit que des serpents avaient été glissés dans son cadeau destiné à Giacomo.

C'était un piège.

— FOSCARI ! hurla cette fois-ci Massimo. Vous avez glissé des serpents dans le cadeau que vous vouliez offrir à mon frère ! Vous n'êtes qu'un vil félon !

— Je n'ai jamais fait ça ! Quelqu'un a voulu me nuire en vous faisant croire cette absurdité !

La voix de Ludovico était une plainte déchirante. Il goûtait à son tour au désastre de l'injustice.

— C'est pourtant une évidence ! Gardes, arrêtez-le !

Toujours aux aguets, les gardes de la famille Monteverdi fondirent sur le principal suspect en semant davantage la zizanie parmi les convives. D'un regard entendu, Ludovico lança un ordre muet à Alvise, qui parvint à esquiver les mercenaires lourdement armés pour se glisser hors de la salle de bal et rejoindre l'extérieur, à une vitesse folle.

Ce fut aussi à ce moment précis que le *condottiere* changea de trajectoire pour rejoindre Beatrice et Giacomo.

La jeune femme avait repris ses esprits et même si elle ressentait toujours quelques faiblesses dans le corps, l'arrestation de son mari parut la ragaillardir.

— Ne perdez pas de temps et fuyez, leur conseilla Giacomo, préoccupé. Nous nous occupons de Foscari.

Sur un ultime regard empreint de gratitude, les deux amants s'écartèrent pour courir vers la sortie. Beatrice chercha en chemin le regard de son père et le trouva. Il n'avait jamais cessé de l'observer, l'air anéanti. Cette expression et la peine qu'elle lui causait provoquèrent dans son cœur tant de douleur que des larmes coulèrent spontanément de ses yeux. Mon Dieu, qu'elle était triste de l'abandonner sur cet ignoble malentendu.

— Je suis navrée, père, murmura-t-elle en sachant qu'il ne pouvait pas l'entendre, ni même lire sur ses lèvres.

Un jour, je t'écrirai pour tout t'expliquer.

10

— Dépêchons-nous, Beatrice ! l'encouragea Baldassarre.

Il l'avait saisie au bras droit pour l'entraîner à vive allure à travers le large corridor du *piano nobile*. En chemin, il avait pris le soin de récupérer son épée, gardée par l'un des serviteurs à l'entrée de la salle de bal. Des torches accrochées aux murs offraient un éclairage de qualité aux lieux et ils virent de nombreux invités prendre la fuite, à la suite des serviteurs qui leur montraient la voie de sortie. Des cris fusaient ci et là, en même temps que des gardes en livrées noires montaient solidement la garde à l'entrée, afin d'empêcher la moindre intrusion.

Beatrice manqua de trébucher deux fois alors qu'ils dévalaient les escaliers majestueux et lorsqu'ils arrivèrent enfin dans le grand vestibule, son souffle court l'empêcha de formuler le moindre mot. Elle était exténuée. Ne pouvant se permettre un ralentissement, Baldassarre choisit de la soulever par les jambes pour la tracter sur son épaule à la manière d'une botte de paille. La jeune femme émit un petit hoquet de surprise, mais elle ne se débattit pas. Au contraire, cette position la soulagea et ce fut le visage toujours humide de larmes qu'elle regarda pour la dernière fois l'intérieur de ce palais véronais. Elle vit, autour d'eux, d'autres convives paniqués s'enfuir, puis ce fut la vision de la rue faiblement éclairée qui s'imposa à elle. Il y avait des gardes à la solde des Monteverdi, semblables à des pions d'échecs formant une sentinelle solide autour du *palazzo*.

Baldassarre trotta jusqu'à sa monture, attachée à l'un des anneaux prévus à cet effet. Dans sa course, elle eut le tournis et un haut-le-cœur la saisit à la gorge, mais il disparut aussitôt à l'entente d'un prénom familier.

— Gianni ! Prends Beatrice avec toi et amène-là jusqu'au lieu que je t'ai communiqué hier, ordonna le *condottiere* en faisant délicatement descendre la jeune femme au sol.

Cette dernière pivota aussitôt sur ses souliers et vit la haute silhouette charpentée de son fidèle ami d'enfance, Gianni. Lorsque le grand muet lui ouvrit les bras, elle se précipita à sa rencontre et se laissa porter telle une poupée de chiffon pour finir installée sur la selle d'un cheval noir qu'elle ne connaissait pas. Son garde du corps prit également place sur cette monture, juste derrière elle, puis empoigna fermement les brides de ses mains gantées. Il avait une épée accrochée à son flanc gauche et se débarrassa de sa lourde cape noire pour l'en draper. La nuit était plutôt fraîche et il était plus solidement constitué qu'elle pour supporter les basses températures.

Une fois assise sur sa monture et maintenue par les bras protecteurs de Gianni, la jeune femme tourna la tête vers son amant, qui, sans baisser sa vigilance, n'avait jamais cessé de la regarder.

— Baldassarre, tu viens avec nous ?

L'inquiétude garrottait sa gorge et ne fit qu'enfler lorsque tout à coup, des bruits de sabots résonnèrent violemment dans le quartier, annonçant une invasion imminente d'ennemis ou alors, de gardes assurant la sécurité de Vérone.

— Baldassarre, dépêche-toi d'enfourcher ta monture ! insista-t-elle au moment même où une vingtaine de cavaliers en livrées rouges et jaunes apparaissait au bout de la rue, en brandissant des épées et des arbalètes.

Alvise galopait en tête de file et Beatrice sentit son sang quitter ses joues en le découvrant, armé jusqu'aux dents.

— Mon Dieu, les Foscari ont amené du renfort ! Je vais m'occuper de les repousser !

— Baldassarre ! Viens avec nous !

— Je vous rejoindrai, Bea, je te le jure !

N'ayant plus de temps pour un mot ou encore un baiser, le guerrier claqua sèchement la croupe du cheval noir de sa main droite et l'animal se cabra en hennissant, avant de s'élancer au galop.

— Baldoooooooo !

Le cri de Beatrice s'étendit dans la nuit, mais s'évapora bientôt dans les cliquetis ferreux qui tintèrent autour du guerrier au moment où il engagea un duel impitoyable avec l'un des mercenaires de Foscari, toujours perché sur sa monture. Les gardes à la solde des Monteverdi étaient à ses côtés et tous solidaires, ils affrontèrent leurs adversaires bravement.

Non sans regretter par avance son geste, Baldassarre érafla de son épée le flanc de la monture depuis laquelle guerroyait son adversaire et, sous le coup de la douleur, celle-ci se cabra sur ses pattes arrière avant de s'effondrer au sol. La blessure n'était pas mortelle, mais suffisamment profonde pour immobiliser la bête.

— AAAAH !

Le cavalier tomba à son tour au sol dans un hurlement de frayeur, toutefois il était costaud et il se redressa promptement sur ses pieds pour reprendre les hostilités. Baldassarre contrecarra ses manœuvres avec virulence et stratégie. Il était excellent dans l'art du duel et même les plus endurants de ses adversaires finissaient toujours par abdiquer. Et ce soir, entre les palais véronais, il se sentait invincible, car il se battait pour la plus noble des causes : l'Amour.

Dans cette bataille citadine, le *condottiere* perçut d'autres cris, de nouvelles voix masculines en provenance du côté opposé du quartier. Il s'agissait de ses mercenaires, les hommes aux côtés desquels il avait vaillamment combattu au cours des sept dernières années et qu'il avait payés pour s'assurer une petite armée face à Ludovico Foscari. Ils étaient quatorze, menés par Felipe, l'intrépide Espagnol. Armés d'épées et de boucliers, ces soldats aguerris envahirent la rue avec des cris martiaux en fonçant sur les cavaliers en livrées rouges et jaunes sans la moindre peur. Au contraire, ce nouveau combat était terriblement excitant pour ces gaillards habitués au sang et à la violence. Ils avaient le sentiment de renaître, de sortir d'un quotidien aussi paisible qu'angoissant.

— Tirez ! hurla l'un des gardes, et trois autres de ses camarades lancèrent des flèches dans leur direction avec leurs arbalètes.

Par chance, les mercenaires étaient munis de boucliers et ils purent ainsi se protéger des projectiles, avant de poursuivre leur dangereuse progression sans jamais cesser de crier.

— *Condottiere* ! Nous allons les réduire en bouillie ! hurla Felipe à l'adresse de Baldassarre, qui poursuivait toujours son duel avec l'inépuisable garde.

Felipe était cruel dans le feu de l'action, ce qui en faisait un soldat d'élite. Avec une précision d'orfèvre, il lança son épée en direction d'un cavalier et la lame se ficha nettement dans son torse. Il y eut des cris, puis le corps glissa de sa monture pour s'écraser au sol dans un bruit mat, inerte. Alvise était encore présent à ce moment-là et armé d'une arbalète, il tâcha de viser Felipe sans y parvenir. N'ayant pas le temps de prolonger ce jeu belliqueux, il abandonna tout intérêt pour sa cible mouvante et éperonna sa monture blanche pour sillonner la rue et emprunter le chemin que lui avaient tracé Beatrice et Gianni.

Inquiet, Baldassarre le vit se détacher du groupe en compagnie de deux autres gardes, au galop. Il voulut enfourcher sa propre monture pour les poursuivre, mais un nouvel adversaire s'ajouta devant lui et ce furent deux hommes puissants qu'il dut désormais affronter.

Bon sang ! Faites qu'ils ne retrouvent pas Bea et Gianni !

— Felipe, dis à deux hommes de prendre des chevaux pour les talonner !

L'Espagnol comprit instantanément les ordres de son chef et envoya deux soldats aux trousses d'Alvise. Ces derniers volèrent les montures des deux gardes qu'ils venaient d'assassiner, puis déguerpir à une vitesse impressionnante.

Le chaos régnait littéralement dans ce quartier d'ordinaire quiet et connu pour ses nobles fréquentations. Tout le voisinage s'était barricadé en attendant la fin des hostilités, mais elles semblaient interminables à Baldassarre. Dans le désordre, il vit quelques gardes à la solde de Foscari s'infiltrer au sein du palais, malgré l'acharnement avec lequel ceux des Monteverdi avaient guerroyé. Ils avaient pénétré le palazzo à dos de cheval et ce fut de la même façon qu'ils en sortirent de longues minutes plus tard, cette fois-ci accompagnés de Ludovico Foscari.

Cette enflure avait pu s'en sortir, sous les yeux haineux de Baldassarre, qui faillit le rattraper et l'aurait mis en pièces si d'autres de ses sbires n'avaient pas détourné son attention.

Il faut que je le tue avant de quitter Vérone !

* * *

Lorsque sa vie était en jeu, une seconde passait aussi lentement qu'une heure entière dans le cycle temporel. Cela faisait peut-être un quart d'heure que Beatrice et Gianni galopaient le long de l'Adige afin de sortir de la ville, mais cette traversée leur parut aussi longue qu'un voyage jusqu'à Constantinople. Allaient-ils réussir à s'enfuir ? Et qu'en était-il de Baldassarre ? Pourquoi ne les avait-il pas suivis aussitôt au lieu d'assurer leurs arrières ? Elle abhorrait l'idée d'être séparée de lui. Hélas, c'était la triste réalité.

— Merci d'être toujours là pour moi, Gianni ! Tu es mon meilleur ami et le plus beau cadeau que m'ait fait ma mère en t'élevant comme mon frère.

Privé de parole, le jeune homme resserra plus fermement son bras autour de sa taille en guise de réponse. Les deux jeunes gens étaient nés à quelques jours d'écart, la mère de Gianni étant une servante dévouée à celle de Beatrice. Voulant souder les liens entre les deux enfants, la maîtresse de maison avait insisté pour les élever ensemble, jusqu'à en faire des jumeaux de cœur. Depuis leur plus tendre enfance, ils étaient inséparables, liés par une affection profonde que les liens du sang ne pouvaient concurrencer ou encore, admettre. En grandissant, Gianni était naturellement devenu son garde du corps et sa présence dans sa nouvelle vie de femme fut l'une des conditions sine qua non établies avant son union avec Ludovico.

Si Gianni ne la suivait pas, alors elle ne quitterait jamais la demeure paternelle.

— J'espère que Baldassarre nous rejoindra vite !

Gianni aurait souhaité la rassurer avec les mots que sa gorge était incapable de libérer, puis il se permit un geste qu'il n'avait jamais osé refaire depuis son mariage malheureux avec Ludovico Foscari : déposer un baiser empreint de tendresse sur le sommet de ses cheveux parfumés. Il embrassait-là la tête de sa sœur, celle pour laquelle il sacrifierait mille fois sa vie. S'il ne l'avait jamais fait depuis sa condition d'épouse, c'était pour la protéger des rumeurs d'adultère dont on l'aurait accablée en les voyant aussi proches. Lors, il avait choisi de prendre ses distances et d'adopter une attitude très professionnelle, sans pour autant éprouver moins d'affection pour elle. Au contraire.

Moi, je serai toujours là pour toi, ma petite Beatrice.

Il voulut l'étreindre plus étroitement encore, mais tout à coup une douleur insidieuse et brûlante se logea entre ses deux omoplates, avec une virulence inégalée. Il en eut le souffle coupé et n'émit aucun son. Sa bouche s'arrondit et se figea lorsqu'une autre pointe de souffrance apparut cette fois-ci au niveau de ses reins en pénétrant ses organes. Le mal qu'il ressentit était d'une telle puissance qu'il hoqueta en libérant un râle très étrange, même si sa cage thoracique en était complètement comprimée.

Intriguée par les plaintes et la soudaine faiblesse de son compagnon, Beatrice lui décocha un regard par-dessus son épaule et vit le filet de sang qui coulait du coin de ses lèvres.

— Gianni !

Le moment d'après, elle entendit les sabots des trois chevaux qui les talonnaient, ainsi que le sifflement aigu d'une flèche sciant l'air devant elle pour se planter dans la chair de son ami. Ce fut la troisième pointe métallique qui acheva Gianni, car elle le transperça au crâne.

— AAAAAAAAAAH !

Totalement hébétée, la jeune femme entendit le dernier soupir de son frère de cœur, puis vit son corps basculer en avant en l'écrasant de tout son poids.

— Gianni !

Elle ne réalisait pas encore qu'il était mort.

— Gianni, réveille-toi !

Mais le grand muet ne bougeait qu'à cause de la cavalcade du cheval, qui finit lui aussi par recevoir une flèche dans son flanc gauche. La bête hennit de douleur et s'arcbouta, projetant le cadavre de Gianni au sol, qui roula ensuite sur la berge à proximité pour finir piteusement dans l'eau de l'Adige.

— GIANNI !

Extrêmement choquée par cette vision d'horreur, la jeune femme perdit tous ses réflexes et ne chercha même pas à se retenir aux brides de l'animal. Ainsi, son corps alourdi par la robe et la cape fut à son tour projeté en arrière, sans trop de violence toutefois. Elle aurait fini paralysée dans le cas contraire et aurait été incapable de se redresser à quatre pattes, comme elle le faisait à présent, afin de ramper jusqu'à la berge.

— Gianni… ! gémit-elle, et le sang qui coulait de son nez se mêla aux lourdes larmes.

L'image de son meilleur ami mort, tué sauvagement par des flèches et désormais perdu dans le fleuve, la plongeait dans un chagrin innommable. Ce drame lui causait une douleur profonde, viscérale. C'était comme si on lui arrachait tour à tour les yeux, la langue et le cœur.

— Gianni… ! l'appela-t-elle encore, en continuant de ramper sur ses avant-bras et ses genoux écorchés.

Elle éprouvait une souffrance émotionnelle et physique. Son corps gourd lui arrachait des plaintes à chaque mouvement, comme si des milliards d'aiguilles pénétraient en même temps dans sa chair la plus sensible. On aurait dit qu'elle rampait sur des morceaux de verres brisés, alors que ce n'était que de l'herbe et des graviers.

— Gianni… reviens…, sanglota-t-elle en arrachant entre ses doigts ankylosés des poignées d'herbes alors qu'elle tentait d'avancer plus loin, sans plus y parvenir.

Beatrice avait atteint sa limite physique et épiait désormais le corps de son ami sur la surface de l'eau, elle-même entravée sur la berge pentue. Encore un dernier effort et elle roulerait également jusqu'à l'eau pour se noyer, retrouver Gianni et échapper aux mains d'Alvise et de ses sbires. Leurs ricanements incendiaient ses tympans en insultant la mémoire de son fidèle garde du corps. Elle se sentit outragée jusqu'au fond de l'âme et voulut bondir du sol pour les massacrer à coups de pierres et de dague. Oui, si elle avait la force, elle pourrait récupérer le poignard fixé à sa cuisse et leur crever les yeux.

Toutefois, elle était complètement vidée.

— Ne t'inquiète pas, espèce de catin, tu vas bientôt rejoindre le muet.

La voix vipérine d'Alvise bourdonna dans sa tête plombée et elle ferma les yeux pour l'effacer. Mais elle était bien présente, autant que la main impitoyable qu'il glissa dans ses cheveux pour les tirer et ainsi la forcer à se redresser.

— Lâchez-moi ! hurla-t-elle en tentant de se débattre, enfin stimulée par son instinct de survie, mais il la gifla en retour.

Elle perdit l'équilibre sur ses jambes fragiles et il tira plus fermement sur ses cheveux en lui en arrachant quelques-uns. Écorchée à vif, la jeune femme s'époumona en lui bondissant dessus, cette fois-ci pour scarifier son visage déjà laid à l'aide de ses ongles acérés. De victime, elle se métamorphosa en furie et le frappa aussi cruellement que le lui permettaient ses dernières forces.

Elle voulait venger la mort de Gianni, avec sauvagerie.

Par malheur, ses détracteurs étaient en supériorité numérique et d'un coup de massue au crâne, on l'assomma pour la rapatrier en silence jusqu'au palais de son époux.

Le pire était à venir.

11

L'affrontement cessa un moment et les deux combattants restèrent campés sur leurs positions, aux aguets. Pourtant, le bruit de l'acier continuait de tinter avec frénésie derrière eux, en même temps que les attaques se poursuivaient jusqu'au bout de la ruelle où ils étaient coincés. Le souffle écourté, Baldassarre toisait son énième ennemi, lequel ne semblait pas vouloir céder le combat. Il l'avait blessé à l'épaule droite, toutefois cette plaie ne le réfrénait pas, car aussitôt son adversaire leva le bras pour le viser de nouveau au flanc gauche. Dans un bond agile, le *condottiere* sauta sur le côté en dégageant sa lame de la sienne par un large mouvement, puis il l'attaqua avec plus de virulence. Épuisée par ce combat toujours plus haletant, la vaillance du sous-fifre s'ébranla et une autre offensive de Baldassarre fit bondir son épée dans les airs, avant de retomber dans l'autre main de son adversaire.

— Tu es cerné ! cria Baldassarre en pointant les deux lames contre le torse vigoureux et tremblant.

Le sbire sentit des gouttes de sueur lui tomber sur les yeux pendant qu'il reculait sous la menace des deux épées, pareil à un bouclier pour son adversaire à travers ce conglomérat d'hommes de main. Très vite, le reître désarmé heurta un autre corps. C'était l'un de ses complices, également dépouillé de son épée par l'un des hommes du *condottiere*.

Sans perdre sa vigilance, Baldassarre décocha un coup d'œil à Felipe et lui lança avec autorité :

— Aucun de nos ennemis ne doit survivre !

Et comme pour ponctuer sa phrase, il leva la jambe et frappa le ventre de son adversaire d'un vigoureux coup de pied à l'estomac. Ce dernier fut projeté au sol dans un cri de douleur sourde et Baldassarre dut se rapprocher de lui pour perforer sa poitrine de la lame qu'il avait osé diriger contre lui quelques secondes plus tôt. L'autre hurla sous l'attaque, puis s'évanouit en se vidant de son sang à une vitesse létale.

Le *condottiere* se désintéressa aussitôt de sa victime et après un signe d'encouragement pour son mercenaire, se fraya un chemin en bousculant et en frappant les autres combattants ennemis sur son passage. Dans sa fureur, il était impitoyable. La peur de perdre Beatrice le rendait encore plus nerveux, mais aussi plus féroce. L'un de ses hommes chargés de poursuivre Alvise lui avait rapporté une bonne vingtaine de minutes plus tôt l'assassinat de Gianni et l'enlèvement de la belle bourgeoise. Lors, Baldassarre, Felipe et leurs compagnons avaient rejoint à pied le palais des Foscari et combattaient désormais devant ses portes.

Habité par ses vieux démons, les mêmes qui lui avaient taillé une réputation de héros impitoyable sur le champ de bataille, le guerrier aux yeux obscurs et au visage souillé de sang réserva un sort funeste aux gardes postés à l'entrée du palais. Sans la moindre compassion, il égorgea d'un coup de lame véloce celui qui chargeait dans sa direction pour l'empêcher de franchir les escaliers menant jusqu'aux chambres, d'où provenaient des cris et des pleurs de femme.

Pitié, faites que je n'arrive pas trop tard !

Néanmoins, un nouveau groupe de gardes fondit sur lui pour entraver sa course vers Beatrice.

— Je vais tous vous tuer ! rugit-il pour se donner du courage, tout en s'élançant dans leur direction et brandissant son épée sanguinolente.

*   *   *

Au même moment...

Sous la gifle barbare de Ludovico, Beatrice tomba sur le sol de sa chambre et son crâne manqua de s'ouvrir contre le rebord boisé de son coffre de rangement. Elle se réceptionna avec l'adresse que lui permettait encore la douleur irradiant dans ses muscles, puis releva la tête vers son mari, l'air digne malgré une lèvre fendue, un nez sanguinolent et les cheveux hirsutes. Ses yeux, semblables à deux dagues ottomanes, brillaient de colère et de mépris. Les larmes menaçaient de couler, mais elle se faisait violence pour les ravaler. Comment en était-elle arrivée là, alors qu'elle s'était démenée pour survivre ? Sans évoquer Gianni, mort pour avoir voulu la protéger… Et surtout, qu'en était-il de Baldassarre ? L'armée de sbires l'avait-elle également assassiné ? Non, c'était inenvisageable ! Il avait bravé des dangers bien plus grands par le passé et n'était pas homme à succomber aussi facilement… elle en était intimement convaincue, il ne pouvait être mort. Mais elle, aurait-elle suffisamment de force pour affronter la cruauté de Ludovico et la perfidie d'Alvise ?

— Une catin ! Voilà ce que tu es, Beatrice. Je savais bien que tu me cocufiais. Alvise m'a toujours conseillé de me méfier de toi, car tu es fourbe et démoniaque. Tu m'as ridiculisé en te conduisant en femme adultère ! Je suis devenu la risée de tout Vérone au cours de cette grande mascarade où mes ennemis ont bien manqué de me tailler en pièces ! D'ailleurs, qui me dit que tu n'es pas à l'origine du cadeau piégé ?

— Alvise ! Tu n'as plus que ce nom à la bouche ! Dis-moi, Ludovico, qui est le maître dans cette maison depuis que ce serpent partage ta couche ? Et non, je n'ai pas eu l'ingénieuse idée de piéger ton présent, malheureusement ! J'aurais dû y penser avant tes autres ennemis ! cracha-t-elle, après quoi il la cloua au sol d'un violent coup de pied au ventre.

— Aaaaaaah !

Une longue plainte échappa à la jeune femme en même temps qu'elle se pliait en deux sous l'intensité de la douleur.

— Le seul serpent dans cette maison, c'est toi ! Tu t'es joué de moi depuis le début, je le sais !

Ludovico s'agenouilla près de son épouse et l'agrippa méchamment aux cheveux afin de relever vers lui son visage tuméfié. Elle soutint son regard sans ciller, attendant avec impassibilité les injures qu'il brûlait de lui cracher à la face.

— Mes hommes ont tué ton Baldassarre. Je vais à mon tour te tuer, puis je traînerai vos deux corps dans les rues de la ville, demain matin, en montrant aux habitants comment on traite une femme adultère et son amant.

Le feu aux yeux, Beatrice se perdit dans un rire sardonique, et l'expression un peu folle, elle lui répondit très calmement :

— Allons, Ludovico, tu penses réellement pouvoir gagner à ce jeu aussi aisément ? Au moment même où nous parlons, les Monteverdi sont en train de révéler à toute la noblesse et la bourgeoisie de Vérone que tu as fomenté un plan pour m'empoisonner avec de la Cantarella, tout en les faisant passer pour mes assassins. Sans parler de ta liaison avec Alvise… les Monteverdi vont arriver d'un moment à l'autre pour te faire arrêter. Tu peux me tuer si tu le souhaites, mais sache que tu seras également mort avant le lever du soleil.

Le teint de Ludovico devint livide en même temps que sa bouche s'asséchait. Comment avait-elle su pour la Cantarella et leur plan ? Là, une évidence scintilla dans son esprit et la rage aux yeux, il lui demanda :

— Tu es pour quelque chose dans la mort de Mario ?

— En effet. Tu pensais réellement que je me laisserais faire ?

Les yeux écarquillés, Ludovico se mit à crier de fureur avant de la gifler plus lourdement encore. La jeune femme retomba au sol, complètement sonnée. Il se redressa, comme pour faire les cent pas dans la pièce, et elle se força à ramper jusqu'à son lit, sous lequel un poignard était toujours caché. Ne s'étant jamais vraiment sentie en sécurité dans cette demeure, elle avait choisi d'y dissimuler une arme, d'autant plus que le poignard fixé à sa cuisse lui avait été subtilisé par Alvise, alors qu'il la ramenait au palazzo. Ses doigts heurtèrent bientôt la lame métallique du couteau et elle s'en empara pour le glisser sous ses jupons, mais c'était sans compter l'apparition d'Alvise dans la chambre.

— Oh, mais que vois-je ? Un couteau ? Que voulez-vous faire avec ça, Beatrice ? ironisa-t-il en la toisant de son regard incisif.

Sans ménagement, ce dernier se rapprocha d'elle et lui écrasa le poignet du talon de sa botte pour lui faire lâcher l'arme, ce qu'il réussit du premier coup. Il s'abaissa aussitôt pour la récupérer, non sans libérer son poignet pour autant.

— Vous ne devriez pas jouer avec un objet pareil, vous risqueriez de vous blesser, commença-t-il avant de la provoquer d'une caresse sur sa lèvre lacérée. Quel dommage de gâcher un visage que Vénus elle-même aurait façonné !

Il manqua de s'y écorcher le doigt lorsqu'elle tenta de le mordre.

— Sauvage ? la nargua-t-il avec un sourire qui révéla sa dentition de fauve. Je sens que je vais prendre beaucoup de plaisir à vous torturer.

— Vous êtes aussi infecte que la peste ! Si vous vous avisez de me toucher, je…

Beatrice ne put poursuivre sa phrase, car la jeune Bianca apparut à ce moment-là, le visage encrassé de larmes et criant des mots qu'elle n'entendit pas distinctement. La jouvencelle était farouche et se débattait entre les bras des deux sbires venus la rattraper à temps.

— Mère ! hurla-t-elle en regardant Beatrice avec effroi. Mon Dieu, que lui avez-vous fait ? Père, pourquoi avez-vous fait ça ? Pourquoi ?!

Il y eut une succession de sanglots, que Ludovico ne supporta pas d'entendre.

— Emmenez ma fille loin d'ici !

— Non, laissez-moi ! Mère, pitié !

Beatrice voulut pleurer également, mais elle n'en avait plus la force. Elle s'en voulait toutefois d'offrir un tel spectacle à sa fille de cœur. Cette enfant n'y était pour rien et elle craignit soudain que son père ne lui fît également du mal.

— Père, je vous en prie, libérez ma mère

— Cette garce n'est pas ta mère ! vitupéra en retour Ludovico en perdant patience. Maintenant, ferme-la !

Mais la jeune fille répliqua de nouveau en criant autant que le lui permettait son petit coffre :

— Vous n'êtes qu'un minable ! Allez au diable !

L'œil obscur, Ludovico traversa la distance qui le séparait de sa fille, puis la gifla sèchement pour toute réplique.

— Si tu oses encore me parler sur ce ton, je t'enverrai au fin fond de l'Italie, dans un endroit où on t'apprendra la véritable discipline, la menaça-t-il en la pointant de son index.

— Je te déteste plus que tout ! Un jour, tu périras pour tes vices et tes crimes, j'en fais le serment ! Je le jure devant Dieu !

— Faîtes-la sortir d'ici !

L'instant d'après, les cris de Bianca ressemblèrent à de lointaines plaintes, jusqu'à disparaître complètement. Beatrice en ressentit une profonde tristesse, mêlée à de la colère, et se demanda si Ludovico était capable de commettre un infanticide. Impossible. Elle le tuerait avant qu'il ne le fît.

— Ne punis pas Bianca de son affection pour moi, Ludovico. Par son comportement, elle n'a fait que prendre la défense de sa mère, dit ensuite Beatrice, en massant son poignet douloureux qu'Alvise venait de libérer.

— Tu ne l'es pas ! Tu n'es pas sa mère, hurla l'impitoyable bourgeois d'une voix tremblante, visiblement affecté par les insultes dont l'avait couvert sa fille.

— Faut-il être de la même chair et du même sang pour appeler une personne « ma fille » ou « ma mère » ? Je t'en prie, Ludovico, s'il demeure encore une once d'humanité dans ton cœur, épargne ta fille de tout châtiment, suppliat-elle, en espérant ainsi sauver, de cette funèbre histoire, la jouvencelle qu'elle avait chérie et aimée depuis sept ans.

— Elle m'a manqué de respect !

— Sa sensibilité peut l'amener à tenir des propos exagérés, poursuivit-elle d'une voix qui s'était radoucie et affaiblie. Fais de moi ce que tu veux, mais ne la touche pas.

— Vous avez une ascendance si forte sur cette pauvre pucelle que nous ne pouvons faire autrement, intervint Alvise en jouant agilement avec la dague de la jeune femme. Pour purifier l'air de cette maison, nous sommes dans l'obligation de chasser le nid de vipères qui n'a que trop régné ici. À commencer par éliminer la plus venimeuse et perfide d'entre elles.

— Pour laisser la place à un vaurien de votre engeance ? L'air vicié qui emplit cette demeure est arrivé avec vous et l'odeur des porcs que vous éleviez dans votre ferme familiale. Apparemment, les manières de ces animaux vous ont bien plus inspiré que les valeurs inculquées par vos parents ! siffla-t-elle en recouvrant une voix plus vive, sarcastique.

Ce fut l'insulte de trop.

Dans un élan de susceptibilité, Alvise la gifla du revers de sa main baguée et écorcha ainsi son visage déjà défiguré. Rodée à une telle démonstration de brutalité, Beatrice devint presque insensible à la douleur et exacerba son déplaisir en émettant un rire persifleur, aux notes si élégantes. Cette réaction trancha avec la scène macabre et dérouta ses bourreaux.

— Vous n'êtes que des veules. Frapper les femmes, voilà ce que vous savez faire !

— Espèce de sorcière, je vais te montrer ce qu'est un véritable porc ! cria Alvise en relevant brusquement la jeune femme pour la traîner jusqu'au lit et la pousser dessus, l'œil brillant d'un désir famélique qu'elle n'aurait jamais soupçonné chez un homme prétendument insensible aux femmes.

— Alvise, qu'est-ce que tu fais ? s'inquiéta Ludovico.

Ce n'était pas prévu dans leur plan.

— Laissez-nous seuls quelques instants ! ordonna le concerné avec un regard sombre pour le maître des lieux et ses sbires. Cette dame et moi avons des choses à régler, en tête-à-tête.

— Vraiment ?

— Oui !

Son ton sec agaça Ludovico, mais il céda toutefois et maugréa de très mauvaise humeur :

— Très bien, mais fais vite, nous n'avons pas de temps à perdre !

Et après un regard en biais pour celle qui était officiellement son épouse, le riche bourgeois quitta la chambre et referma sèchement la porte derrière lui, soudain saisi d'un malaise intérieur qui lui noua le ventre. Pourquoi cela le démangeait-il autant de savoir qu'Alvise allait violer Beatrice ? Cette femme était une catin ! Elle s'était certainement offerte à la moitié des Véronais depuis sa puberté. Alors, qu'est-ce que cela pouvait-il bien lui faire de la savoir dans les bras d'un autre homme ? Mais ce n'était pas n'importe quelle personne, car il s'agissait de son plus précieux ami, celui pour lequel il donnerait mille fois sa vie !

Diable !

Semblable à un lion nerveux, il commença à tourner en rond en se noyant dans ses élucubrations, tout en prêtant attention à ce qui se jouait de l'autre côté de la porte.

— Je me suis toujours demandé quel goût tu pouvais avoir, Beatrice. Maintenant que tes heures sont comptées, je peux bien m'octroyer ce caprice…, commença Alvise en essayant d'immobiliser la jeune femme, car elle se débattait avec beaucoup d'énergie. Une dévergondée peut bien ouvrir ses cuisses pour moi, non ?

— J'ignorais que vous nourrissiez du désir pour la gent féminine !

— Je n'ai qu'aversion pour des créatures aussi viles que les femmes… vous nous faites souffrir pour un oui, pour un non. La première fois que je t'ai vue, je t'ai désirée aussi violemment que je t'ai détestée. Tu étais si belle, si désirable et si condescendante avec nous tous. Tu me regardais avec tellement de dégoût, parce que tu savais déjà quel pouvoir tu pouvais exercer sur moi. Si tu avais été moins orgueilleuse et bien plus chaleureuse avec moi, je serais devenu ton serviteur et nous n'en serions pas là, dit-il avant de déchirer l'un des pans de sa robe bleu nuit.

Bien qu'étonnée par ses révélations, Beatrice ne perdit pas sa vigilance et rétorqua avec férocité :

— J'ai immédiatement deviné votre nature lors de notre première rencontre et je ne me suis pas fourvoyée : vous êtes un serpent.

Alvise balaya ses mots d'un hochement de tête insolent, puis sans plus parler, captura sa bouche dans un baiser vorace et haineux. Sur l'instant, elle se débattit en le griffant au visage et en mordant sa lèvre inférieure, mais à son grand désarroi, il était plus fort et habile qu'elle ne l'avait présagé. Aussitôt, elle ferma les yeux et vit le visage de Baldassarre, si fort et courageux. Elle ignorait où il était, mais avait la conviction qu'il viendrait la sauver d'un moment à l'autre. Car, oui, il ne pouvait qu'être vivant, l'inverse était inenvisageable. Elle devait le revoir, rattraper avec lui le temps que son mariage, la guerre et les vicissitudes de la vie leur avaient confisqué. Elle devait suivre l'un des principes qu'il lui avait autrefois enseignés : se battre, quelle que fût la bataille.

Bien sûr, il ne fallait pas négliger d'adapter sa stratégie de combat aux circonstances et à l'adversaire.

Ravivée par une nouvelle flamme d'espoir, Beatrice parvint à se jouer de son ennemi en répondant à son baiser, ce qui ne manqua pas de le désarçonner. Persuadé que la Véronaise venait de succomber à la sensualité de sa bouche, Alvise baissa lentement sa garde en libérant ses poignets, puis égara ses mains sur son corsage encombrant, qu'il s'apprêta à déchirer d'un coup de lame.

Grossière erreur.

Beatrice profita de sa légère inattention pour le pousser de toutes ses forces sur la couche et le démunir de son poignard d'un geste alerte. Elle sauta ensuite du lit, non sans trébucher au passage sur un objet renversé au sol, avant de se redresser en le menaçant de son arme.

— Un seul sortira vivant de cette pièce et vous n'êtes pas celui-là !

— Tu crois cela ?

Elle n'eut guère le temps de répondre qu'un énorme tapage se fit percevoir depuis le vestibule de la demeure. Là, le rictus carnassier d'Alvise la fit frémir.

L'air aussi fier que combatif, elle ouvrit la bouche pour effacer la jubilation qui miroitait dans le regard de cette canaille, lorsque d'autres bruits retentirent dans le palazzo en attisant leur curiosité.

Le cœur de la jeune femme fit une embardée dès l'instant où elle reconnut le son de plusieurs épées en action, ainsi qu'une salve de cris agonisants et acharnés. Que pouvait signifier ce désordre ? Elle crut à une embuscade menée par les Monteverdi et sentit son cœur se gonfler d'espoir.

Discrètement, elle se rapprocha de la fenêtre, déjà prête à se suicider en se défenestrant. Elle préférait ce sort plutôt que de finir violée et égorgée par Alvise ! De son côté, le jeune homme s'était acheminé jusqu'à elle, un autre poignard fiché dans une main et une expression lubrique peinte sur le visage.

— Nous n'allons pas laisser les autres s'amuser plus que nous, n'est-ce pas, Beatrice ? demanda-t-il en faisant référence au carnage qui se déroulait à un étage au-dessous.

Dans un bruit sec, elle vit brusquement la porte de la chambre s'ouvrir sur un homme de haute stature et solidement bâti, dont le visage encadré d'une abondante et splendide crinière noire lui était parfaitement familier.

Baldo. Tu es vivant.

Stupéfaite par cette apparition inespérée, elle se statufia, non sans lâcher de ses yeux scrutateurs le faciès de Baldassarre. Il émanait de lui une énergie incroyable et, au vu de sa stature, il semblait en bonne forme. Ce dernier n'osa pas l'étudier trop longtemps et courut jusqu'au centre de la pièce pour s'interposer entre Alvise et elle. Toute forme de cruauté s'était volatilisée du regard de leur ennemi pour céder la place à la panique, car, oui, le *condottiere* était un adversaire d'une autre catégorie.

Le combattre ne servait à rien si l'on tenait à sa vie.

Dénué de courage, Alvise voulut prendre la fuite, mais Baldassarre le rattrapa par le col de son pourpoint vert et, après une ébauche de défense, il lui trancha une main d'un coup sec et précis. Un hurlement strident échappa au jeune homme alors qu'il regardait sa main amputée au sol, l'air horrifié. Du sang giclait en abondance de son moignon sanguinolent en souillant sa tenue et son visage immonde.

Il était sur le point de s'évanouir.

— C'est pour avoir osé la toucher, répondit sombrement le guerrier avant de le passer au fil de son épée. Et ça, c'est pour avoir osé commanditer son meurtre. Va pourrir en Enfer.

Il y eut un autre cri macabre en même temps qu'un flot de sang jaillissait sur les murs de la chambre et tachait la robe déchirée de Beatrice. Elle-même hoqueta de stupeur face à une telle démonstration de violence, mais n'assista pas à l'agonie de son ennemi, car son amant la saisit par le bras pour l'attirer jusqu'au couloir.

— Ne perdons pas de temps, dit Baldassarre, très préoccupé. Un incendie s'est déclaré et toute la demeure va bientôt être ravagée par les flammes !

Au bout de quelques pas, une douleur aiguë irradia dans la cheville droite de la bourgeoise en lui arrachant de légères plaintes. Elle essaya de marcher à nouveau, sans y parvenir à cause de la souffrance que cela engendrait. Avec un regard contrit, elle dit alors à son amant :

— Je suis tellement navrée, mais je n'arrive plus à bouger.

Sans plus se poser de question, le *condottiere* se courba un peu vers elle et la souleva dans ses bras. Elle avait de toute évidence été trop malmenée pour pouvoir poursuivre le chemin à pied.

— Accroche-toi bien, mon amour.

12

— *Au feu ! Déguerpissez !*

Un homme venait de vociférer ces mots depuis une pièce du palais et d'autres hurlements de panique semblèrent lui répondre. Le cœur de Baldassarre cognait brutalement contre la poitrine de Beatrice, à moitié alanguie de douleur dans ses bras. L'odeur de fumée planait désormais dans toute la demeure et les deux amants commencèrent à sentir ses méfaits sur leur respiration.

— Essaie de ne pas trop respirer la fumée en te couvrant la bouche et le nez avec tes mains. Je vais nous faire sortir d'ici au plus vite, dit Baldassarre en resserrant plus solidement ses bras autour du corps meurtri.

Ils dévalèrent ensuite les escaliers à grande vitesse, mais lorsqu'ils atteignirent le vestibule, une horde de gardes leur bloquait la voie. Fort heureusement, certains mercenaires du *condottiere*, dont le fidèle Felipe, étaient présents. Pour un soldat, il n'était pas rare de devoir affronter plusieurs ennemis à la fois, néanmoins les champs de bataille étaient plus vastes et permettaient une liberté de mouvement plus grande et plus avantageuse. Dans le cas présent, le terrain était étriqué, limité et traître. Cela favorisait bien sûr le nombre, qui pouvait aisément prendre le dessus en acculant jusqu'à la mort le combattant isolé.

Baldassarre vit Felipe et deux autres de ses mercenaires engager les hostilités de manière violente. Cela suffit à déstabiliser plusieurs gardes à la solde de Ludovico. Le *condottiere* et Beatrice purent ainsi se tracer un chemin jusqu'à la sortie en évitant les attaques ennemies, toutefois les portes d'entrée et les corridors du rez-de-chaussée étaient obstrués par plusieurs combattants et ils durent se diriger jusqu'à la grande salle de réception située au piano nobile, d'où ils pourraient s'évader par le biais des grandes fenêtres. Une fois à l'intérieur de cette vaste pièce, ils découvrirent la grande table qui recevait d'ordinaire les repas et de lourdes décorations luxueuses, que le maître des lieux avait autrefois choisis avec amour. Un chapelet de chandelles éclairait faiblement la salle et leur lumière faisait apparaître sur les murs et le plafond de grandes ombres démoniaques.

Beatrice sentit son cœur cabrioler en apercevant deux silhouettes masculines à l'autre bout de la salle, dont l'une était bien sûr reconnaissable par l'habit sombre et richement brodé qui la recouvrait. C'était Ludovico.

— Baldo, il prend la fuite ! s'inquiéta-t-elle, en s'agitant un peu entre ses bras musclés.

Même si elle était plutôt légère et qu'il était robuste, le poids de son corps commençait tout de même à lui peser et tout en reprenant son souffle, il porta son regard sur les deux silhouettes en fuite. Là, il hurla :

— Foscari !

L'interpellé se retourna aussitôt et se figea. Dans un premier temps, il sembla pris de panique et l'homme à ses côtés continua de remplir le sac qu'il tenait solidement entre ses mains de pièces onéreuses. Il allait fuir, mais voulait emporter avec lui un minimum de sa richesse.

Puis Ludovico se détacha de son complice en faisant quelques pas en avant pour mieux apparaître aux yeux de son épouse et du *condottiere*. Ils n'avaient pas bougé, si bien qu'une grande distance continuait de séparer les ennemis, sans toutefois dissimuler la haine qui voilait leurs trois visages.

Là, d'une voix rugissante, il cracha :

— Vous ne sortirez jamais vivants de mon palais où vous avez répandu le malheur et la désolation ! Je vous maudis pour l'éternité !

Et dans un geste colérique, le maître des lieux saisit deux chandelles à proximité et les lança sur les lourds rideaux de velours qui encadraient les fenêtres closes, au-delà desquelles on entendait les bruits belliqueux en provenance de la rue. Irrémédiablement, les flammes léchèrent les longues tentures et commencèrent à se propager avec vélocité sous les yeux ébahis des deux amants.

— Vous avez tenté de m'humilier avec votre romance dégoûtante ! Et si je n'ai pas pu t'achever de mes propres mains, Beatrice, alors les flammes t'étoufferont et emporteront ton corps en Enfer, comme elles l'ont fait pour toutes les sorcières de ton espèce. Quelle satisfaction de voir que tu entraîneras dans cette punition ton vil amant !

Les yeux empreints d'aversion, mais aussi de douleur, la jeune femme assassina son époux du regard, sans avoir la force de répliquer. Elle était bien trop faible entre les bras de son bien-aimé, qui s'était déjà hâté vers la porte qu'empruntait Ludovico, néanmoins il ne fut pas suffisamment rapide à cause du poids qu'elle ajoutait à son corps. Ainsi, dans un cri enragé, il vit l'époux maudit et son sbire leur fermer la porte au nez et la condamner, sans qu'il ne pût plus rien. Les portes en chêne étaient bien trop solides.

Les flammes se propageaient à une vitesse inimaginable et il ne restait plus rien à faire pour cesser leur progression.

D'ici quelques minutes, la salle entière serait envahie. Baldassarre ne pouvait pas envisager de les laisser mourir ainsi, de la plus atroce des manières. C'était inenvisageable. Lui, le combattant acharné, et l'homme de parole, devait à tout prix sortir Beatrice de cette prison incendiaire.

On va survivre !

Il parcourut de nouveau la salle pour emprunter la seconde sortie, mais dans un craquement sourd, les autres portes furent également condamnées par d'autres mercenaires à la solde de Ludovico. Ce fumier avait savamment préparé son plan.

Si je sors d'ici, je le brûlerai sur la place publique, se dit-il avec un sentiment puissant d'antipathie.

— Ne t'inquiète pas, Bea, je vais nous sortir d'ici.

Leurs gorges et leurs yeux commencèrent à être irrités à cause de la fumée de plus en plus dense. S'ils n'évacuaient pas les lieux dans les minutes suivantes, ils finiraient par s'évanouir et par mourir sans s'en rendre compte.

Baldassarre arpenta toute la salle des yeux et, à chaque fois, son regard se fixait aux trois larges fenêtres closes. Il se précipita vers l'une d'elles et dut poser Beatrice au sol pour tenter de l'ouvrir. Elle était comme bloquée. Il réitéra les mêmes gestes avec les deux autres fenêtres, mais il fut impossible de les ouvrir.

Diantre !

— Il faut briser les vitres, Baldo. Ces fenêtres... ont toujours été... verrouillées... ! l'informa-t-elle entre plusieurs quintes de toux. Il faut faire vite, car... je... je n'arrive quasiment plus à respirer !

Pendant qu'elle parlait, l'une des petites poutres au plafond craqua méchamment, puis une partie s'effondra au sol, à quelques mètres devant elle.

— Aah !

Une épaisse pellicule de sueur recouvrait leurs corps, alors que les battements de leurs cœurs étourdissaient plus sournoisement leurs têtes endolories.

— Couvre ta bouche et ferme les yeux, je m'occupe de nous sortir d'ici ! ordonna Baldassarre en courant jusqu'à la grande table pour saisir l'une des chaises encore épargnées par les flammes.

La jeune femme s'exécuta. En revenant près des fenêtres, le guerrier évita de justesse une autre petite poutre ravagée par les flammes, qui s'était également détachée du plafond.

Il souleva ensuite la chaise au-dessus de sa tête pour frapper l'une des fenêtres avec, si nettement et si fortement qu'un craquement strident explosa devant eux. Des éclats de verre tombèrent à leurs pieds et dans la rue, en contrebas. Soulagé d'avoir réussi, Baldassarre reposa la chaise au sol, puis s'empara de son épée pour éliminer les débris de verre encore accrochés au cadre de la fenêtre à l'aide de la lame. Il put ainsi sécuriser les contours de leur sortie de secours.

— Mon Dieu, c'est haut ! murmura Beatrice en écarquillant les yeux face à la hauteur qui la séparait du sol, soudain en proie à un profond malaise.

La jeune femme avait le vertige et peur du vide. Il y avait environ six mètres de distance entre la fenêtre et la terre ferme, mais c'était déjà suffisamment haut pour que l'angoisse la figeât sur ses jambes flageolantes.

— Baldo, je ne vais pas réussir à sauter !

— Il le faut pourtant, sans quoi nous finirons par mourir ici, rappela-t-il en la saisissant fermement au poignet droit pour la rapprocher de lui, mais il sentit un peu de résistance dans son corps. Mon amour, je suis là et nous serons vivants seulement si nous sautons.

— Saute et laisse-moi ici !

Beatrice se mit à pleurer à cause de la fumée de plus en plus dense et nocive, mais également sous la montée irrépressible de la peur.

— Si tu ne sautes pas, alors je resterai ici pour mourir à tes côtés.

La voix de Baldassarre semblait sortir de ses entrailles et dans le chaos environnant, il s'apparentait à un ange maudit. Ce n'était pas là des paroles vaines, mais bien la réalité. Si elle restait médusée là, jamais il ne bougerait.

Il ne vivait qu'à travers elle, désormais.

— Tu ne peux pas dire ça !

Son cri de reproche se perdit dans une violente quinte de toux et Baldassarre l'attrapa tout entière contre lui pour la rassurer de son étreinte en lui caressant le dos. Beatrice pleurait ardemment, sans parvenir à se contrôler. Ce n'était ni l'endroit ni le moment de perdre son sang-froid. Elle avait survécu à tant de situations hasardeuses, elle ne pouvait donc pas abandonner maintenant, surtout à ses côtés.

Non, ensemble, ils avaient le pouvoir de déplacer des montagnes et de déjouer les pièges que leur tendait la Mort. *Ressaisis-toi, Bea. Pour toi. Pour Baldo !*

— Je préfère brûler à tes côtés plutôt que de partir sans toi. Tu le sais, lui murmura-t-il, et les crépitements des flammes menaçantes devinrent tout à coup silencieux.

Après un dernier et long sanglot, la jeune femme redressa la tête, la bascula un peu en arrière pour croiser son regard de jais, dans lequel les reflets des flammes rougeoyantes dansaient vivement, puis dit en serrant entre ses doigts meurtris les replis de sa tunique noire :

— Saute avec moi, alors.

Sans plus de cérémonie, Baldassarre la saisit aux hanches et la souleva de manière à enrouler ses jambes autour de sa taille, puis grimpa sur le rebord en bois de la fenêtre. Il était vrai qu'à cette hauteur, la vue pouvait être impressionnante, néanmoins le *condottiere* avait déjà connu des situations semblables au cours de ses campagnes militaires. Il avait déjà été piégé dans un incendie et contraint de sauter d'une fenêtre plus haute que celle-ci encore. Il s'en était tiré avec une jambe cassée, qu'il fallut immobiliser pendant trois mois et reposer pendant une année. Depuis, il avait retrouvé la fonctionnalité de cette jambe et se sentait prêt à réitérer l'expérience pour sauver leurs deux vies. Il craignait seulement que ce saut blessât son amante.

Après avoir scruté pour la dernière fois les flammes agressives, de plus en plus épaisses, qui léchaient le plafond en cherchant l'air de l'extérieur, il prit une profonde inspiration avant de murmurer à l'oreille délicate :

— Mon amour, ferme les yeux et ne pense à rien d'autre qu'à moi.

Il sentit Beatrice se raccrocher plus fermement à lui, puis entendit les murmures de sa prière. Elle priait pour eux. Baldassarre avait également le ventre scié de peur et lorsqu'il examina de nouveau le sol, il vit plusieurs badauds pétrifiés sur place, happés par la vision des scènes qui se déroulaient devant leurs yeux. Et là, comme par miracle, il vit arriver au galop deux hommes en grande tenue : les frères Monteverdi. Ces derniers mirent pied à terre au moment où ils remarquèrent la présence du couple au bord de la fenêtre.

Depuis le sol, une voix tonitruante s'éleva :

— Baldo ! Je suis ici avec Massimo !

Les frères Monteverdi avaient entraîné à leur suite une petite unité de dix cavaliers, lourdement armés et déjà occupés à combattre les gardes adverses, toujours tenaces malgré la fuite de Ludovico Foscari.

— Baldo ! Lance Beatrice, nous allons la rattraper ! ordonna Giacomo en s'installant juste en dessous de la fenêtre où ils étaient perchés, les bras tendus vers celui de son frère Massimo.

Les Monteverdi avaient noué leurs bras de façon à réceptionner la jeune femme de la plus douce et sécurisée des manières.

Beatrice avait décoché un regard par-dessus son épaule pour voir les Monteverdi au sol, mais lorsqu'il fut question de se séparer de Baldassarre, elle se colla encore plus étroitement à son corps.

— Pitié, Baldo… ne me quitte pas.

— Fais-leur confiance, ce sont nos amis.

Un autre sanglot la traversa et il l'étouffa en lui donnant un baiser d'amour rassurant, mais surtout encourageant. Elle sembla se détendre au bout de quelques secondes, puis il parvint à la détacher de lui en l'installant précieusement sur le rebord de la fenêtre. Ensuite, après avoir échangé un regard entendu avec l'aîné des Monteverdi, il lui dit :

— Je t'aime, Beatrice.

Et sans même lui laisser le temps de la réflexion, il la dévisagea avec intensité avant de la pousser dans le vide.

— AAAAAAAH !

Il vit ses jupons voleter dans les airs en même temps qu'elle poussait un cri strident, que les anges du Paradis durent entendre à travers toutes les couches de nuages et de ciels qui les séparaient des mortels.

L'instant d'après, elle reposait, évanouie, dans les solides bras des frères Monteverdi.

— Comment va-t-elle ?!

L'inquiétude accompagnait les mots de Baldassarre.

— Bien ! le rassura Giacomo d'une voix forte, quoiqu'un peu essoufflée. Elle a seulement perdu connaissance, à cause de la peur, je suppose.

Baldassarre soupira de soulagement. Elle était dorénavant en sécurité et elle s'en était sortie sans aucune blessure corporelle, seulement une peur qu'elle lui reprocherait une fois réveillée.

— Si tu ne te dépêches pas de sauter, tu vas finir comme un cochon grillé ! hurla Massimo avec un regard insistant pour le *condottiere*, toujours perché à six mètres de hauteur.

Ce dernier décocha un ultime regard à l'incendie qui dévorait le bois, les meubles et les tissus de la grande salle, puis après une brève prière, sauta à son tour dans le vide. Il n'avait que son instinct de félin pour lui permettre de retomber sur ses pattes, le plus agilement possible. Moins de trois secondes plus tard, son corps heurta le sol pavé de plein fouet en lui coupant littéralement le souffle. C'était comme si des milliers de lames venaient pénétrer sa chair ferme d'un seul coup. Cependant, la douleur fut si vive et intense sur le moment qu'il ne put émettre le moindre bruit. Il resta mutique le temps de remettre en place tous les éléments de la situation.

— Hé, Baldo, tu n'as rien de cassé ?

C'était Massimo.

Toujours étendu au sol, le *condottiere* vit le jeune homme blond se précipiter dans sa direction pour s'agenouiller près de lui et l'aider à se relever.

— Une minute ! souffla le guerrier, craignant d'être blessé.

D'ailleurs, il devait s'assurer lui-même que tous ses membres étaient fonctionnels. Lors, il se mit à bouger ses doigts, ses mains et ses bras dans un premier temps. Aucune douleur ne se fit ressentir et il accepta l'aide de Massimo pour se redresser sur son séant. Assis, il fit rouler ses larges épaules, bougea sa tête de gauche à droite, puis commença par mouvoir ses pieds et ses jambes. Une grimace se peignit sur son visage lorsqu'il tenta de se remettre debout, car une douleur lancinante irradia subitement dans sa jambe gauche. Mais qu'importe, il devait se relever. En serrant les dents, et avec le soutien de Massimo, le guerrier put se redresser de toute sa hauteur et boîter jusqu'à Giacomo, les bras chargés d'une Beatrice inconsciente.

— Mes hommes ont arrêté Ludovico Foscari au bout de la ruelle et nous lui avons versé tout le flacon de Cantarella dans la bouche avant de l'entraîner jusqu'à notre palais. Il mourra dans d'atroces souffrances d'ici peu de temps.

Les Monteverdi avaient le sens de la vengeance. Leur style était très satisfaisant.

— Le problème est donc définitivement réglé ?

— Oui.

Le soulagement purifia Baldassarre de toute souffrance.

— Cependant, vous allez devoir vous faire oublier pendant un temps, Beatrice et toi. Quittez la ville dès ce soir.

Baldassarre opina d'un hochement de tête. Il emmènerait Beatrice jusqu'au domaine que lui avait légué sa mère, en Ombrie. Il demanderait à ses mercenaires de le suivre pour couvrir leurs arrières et, au passage, il leur proposerait un métier stable en attendant la prochaine guerre.

— Qu'en est-il de la fille de Foscari ? demanda-t-il dans un éclair de conscience, sachant que le sort de la jeune Bianca préoccupait énormément Beatrice.

— Nos gardes la cherchent toujours. Écoute, Baldo, une fois que vous serez en lieu sûr, envoie-nous une missive afin de nous renseigner sur votre emplacement. Nous vous tiendrons ensuite informés de l'issue que prendra cette affaire.

— S'il vous plaît, ne faites pas de mal à Bianca, la fille de Foscari.

— Entendu.

Baldassarre savait qu'il pouvait désormais laisser les Monteverdi prendre la relève et régner sur Vérone en seuls maîtres.

Avant de se séparer, Giacomo et Massimo cédèrent leurs deux chevaux aux amants, ainsi qu'une bourse remplie de pièces d'or.

— Tu nous le rembourseras en temps voulu, lança l'aîné face au regard reconnaissant de Baldassarre.

Ce dernier n'était pas désargenté, au contraire, mais sa fortune était précieusement gardée auprès d'un riche banquier. Il n'avait sur lui qu'une somme suffisante pour faire le chemin et défrayer ses hommes, guère plus. Avec la bourse des Monteverdi, il pourrait affronter des imprévus financiers pour les six mois prochains.

— Merci, mes amis. Je vous rendrai tout, le plus rapidement possible.

Baldassarre monta sur le beau destrier de Massimo, puis avec l'assistance des deux frères, installa une Beatrice toujours inconsciente sur la selle, lovée contre lui. Il échangea encore avec les deux frères Monteverdi, en guettant Felipe et les quelques hommes qu'il avait envoyés se battre à l'intérieur du palais en flammes. Grâce à Dieu, ils ressortirent tous indemnes et sur les ordres de leur chef, montèrent à leur tour sur leurs chevaux pour le suivre jusqu'au-delà de Vérone.

Alors que le palais des Foscari tombait tragiquement en ruines, les deux amants maudits fuyaient discrètement leur ville natale à l'ombre de la nuit.

13

Abandonnée contre le torse solide de Baldassarre, Beatrice ne voyait pas le paysage nocturne qu'ils parcouraient à cheval, à une cadence plutôt mesurée. La température avait baissé et il avait dû saisir la grande couverture fixée à la selle pour la recouvrir et ainsi, ne pas perturber son état d'inconscience. Pour se réchauffer lui-même, il s'était étroitement plaqué contre son dos et la chaleur de leurs deux corps lovés lui procura une sensation de bien-être. Quel grand soulagement ! Elle était désormais hors de tout danger et sous sa protection. Il pourrait la faire sienne et garantir sa sécurité jusqu'à son dernier souffle.

Lasse et profondément accablée malgré la présence de Baldassarre, Beatrice voyait défiler devant ses yeux embués de larmes les évènements passés. Cette dernière nuit à Vérone avait emporté avec elle, et pour toujours, Gianni, Bianca, et peut-être même son père. Jamais plus elle ne reverrait son cher ami, son adorable fille et celui à qui elle devait la vie. Comment pourrait-il lui pardonner tous les évènements de cette soirée infernale ? Certes, elle n'était pas vraiment fautive, mais son nom était désormais mêlé à l'un des plus grands scandales de l'histoire véronaise. Son pauvre père en subirait également les conséquences, car les gens étaient impitoyables et ne se priveraient pas de lui rappeler les infidélités de sa fille. Veronica se chargerait d'envenimer la situation en la discréditant plus sûrement aux yeux de la bonne société, afin d'humilier son vieux mari dépourvu de force.

— Tu dors ?

La voix de Baldassarre vibra dans son dos et l'emmitoufla telle une écharpe de soie. Heureusement qu'il existait. Sa vie ne valait plus un florin sans lui. Il était devenu son pain, son sel et son eau. Sans lui, elle mourrait.

— Non…

— Tu devrais, Bea.

— Je n'y arrive pas… Je pense à cette soirée où les portes des Enfers se sont ouvertes pour nous accabler…

— Tu y penseras encore longtemps, mais peu à peu, ces souvenirs s'évanouiront, l'informa-t-il d'une voix douce, philosophique.

Il savait de quoi il parlait. Le soir de sa première bataille, il était resté muet et hanté par les images belliqueuses de ses combats. Il n'avait pas réussi à dormir, puis de nombreux cauchemars s'étaient installés dans son sommeil. La première année fut la pire. Toutes les nuits, il revoyait en songe les visages des hommes qu'il avait assassinés. Au début, il les comptait. Puis, en atteignant le nombre des cent victimes, il avait cessé. C'était beaucoup trop à supporter, même pour un soldat aguerri. Les années passant, il s'était accommodé de cette vie composée d'horreur et de barbarie. Il n'avait pas connu de meilleures nuits, non, elles demeuraient toujours courtes. Seulement, les cauchemars avaient fini par sombrer.

— Je n'arrive pas à croire que tout cela soit réel. J'ai vraiment cru que notre plan marcherait…

Il l'entendit renifler et alla nicher son visage dans le creux de son cou pour y déposer un baiser d'apaisement. Il resta ainsi longtemps, à lui murmurer des paroles lénifiantes.

— Je t'en prie, mon amour, n'y pense plus.

Elle obéit, car la souffrance du corps mêlée à celle de l'esprit finit de l'épuiser. Bercée par le trot du cheval, elle s'endormit en abandonnant sa tête contre le torse rassurant de son amant.

∗ ∗ ∗

Quatre jours plus tard, Spolète
Une cajolerie sur la joue extirpa Beatrice d'un sommeil indéterminable, profond et fuligineux. Les membres du corps endoloris et la tête lourde, elle se réveilla progressivement. Le monde environnant lui paraissait tout à la fois familier et étranger, tandis que, dans son esprit malmené, les souvenirs encore récents refaisaient surface de manière brutale. Un sursaut la traversa en lui procurant mille milliers de petits frissons.

— Tout doux, mon amour.

La voix grave de Baldassarre se fit entendre à ses côtés en l'enveloppant telle une chape de chaleur protectrice. Cette fois-ci, elle frémit de soulagement et de joie mêlés. Elle tourna la tête vers la gauche pour le regarder et eut le sentiment de ne pas l'avoir vu depuis des mois entiers, tant le brouillard qui obstruait son esprit l'écartait de la réalité.

— Oh, Baldo, je suis si heureuse de te revoir, dit-elle d'une voix éraillée, qu'elle ne reconnut pas, et soudain la soif se fit ressentir crûment.

Il eut un petit rire déconcerté, ce qui révéla ses belles dents au milieu de son visage hâlé et de sa barbe noire, un peu plus dense que dans ses derniers souvenirs.

— Eh bien, je pense que je suis encore plus heureux d'être avec toi, mais surtout de te voir enfin réveillée.

Ne comprenant pas vraiment où il voulait en venir, elle arqua l'un de ses fins sourcils pendant que ses yeux bleus dévoraient chaque détail de son visage viril, marqué par la fatigue. Non sans se départir de son petit sourire amusé, il poursuivit :

— Tu as dormi trois jours entiers, mon amour.

— Comment ? Trois jours ?

Ses yeux bleus s'écarquillèrent d'effroi pendant qu'elle portait une main à sa gorge sèche.

— J'ai tellement soif…

Il se redressa un peu pour saisir la cruche d'eau disposée sur une table de chevet disposée de son côté du lit, puis remplit un gobelet avant de le lui tendre. Pendant qu'elle buvait, son regard scrutait la pièce où ils se trouvaient. Elle était chichement décorée, mais lumineuse et propre. Une odeur de linge frais planait dans l'air en rassérénant ses poumons.

— Mon Dieu, que ça fait du bien !

Baldassarre se redressa totalement pour contourner le lit et s'asseoir sur le rebord du matelas, près d'elle. Là, il saisit le linge humidifié qui baignait dans une bassine d'eau posée sur la seconde table de chevet, puis le passa précautionneusement sur le visage de Beatrice. Elle grimaça en sentant l'eau sur ses plaies encore fraîches, mais le laissa toutefois faire, sans broncher.

Curieusement, malgré ses jours de sommeil, elle se sentait encore harassée et privée de toutes ses forces physiques. D'ailleurs, Baldassarre avait dû lui passer cette longue chemise de coton blanc sur le corps, car elle ne se souvenait pas d'avoir été changée. À vrai dire, elle ne se souvenait plus de rien depuis cette chevauchée nocturne dans la campagne italienne, qui les avait emmenés loin de Vérone.

— Je ne me souviens de plus rien… où sommes-nous ?

Baldassarre la couva d'un œil tendre et commença ses explications, en poursuivant ses soins avec une douceur extrême :

— Ton état physique et ta souffrance mentale ne te permettaient plus de rester éveillée. Tu es tombée dans un sommeil profond, parfois entrecoupé de cauchemars, mais suffisamment dense pour t'éloigner quelque temps encore de la conscience. Nous nous sommes arrêtés dans une auberge, en chemin, et j'ai fait quérir un médecin. Il m'a dit de te prodiguer des soins avec des onguents, mais surtout, de te laisser tranquille. J'ai donc acheté une charrette pour que tu puisses être allongée durant le reste de notre avancée jusqu'ici : Spolète.

— Nous sommes déjà à Spolète ?

Ses beaux yeux bleus, encore un peu cernés, s'écartèrent d'ébahissement.

— Oui, nous nous trouvons actuellement dans la chambre principale du domaine que m'a légué ma mère. Je pensais trouver un tas de pierres en pleine décrépitude, mais quelle fut ma surprise lorsque j'ai découvert un grand domaine soigneusement entretenu par un couple de paysans, que ma mère n'a jamais cessé de payer pour assurer la sauvegarde de son patrimoine familial. Nous sommes désormais propriétaires d'un domaine viticole florissant, situé au cœur de la magnifique campagne ombrienne.

Pour la première fois depuis des jours, les lèvres de Beatrice s'incurvèrent sur un sourire printanier qu'il aurait souhaité immortaliser dans le marbre d'une sculpture.

— Nous sommes propriétaires, dis-tu ?

— Bien sûr. Lorsque tu te sentiras mieux, nous irons convoler en justes noces dans la petite église du village. Qu'en penses-tu ?

Cette fois-ci, le sourire féminin se fit doucement espiègle.

— Serait-ce une demande en mariage ? Si oui, je t'ai trouvé plus inventif.

— Je... oui, c'est vrai, j'aurais pu t'en parler à un moment plus romantique et...

Beatrice posa délicatement son index sur ses lèvres animées pour lui imposer le silence, puis se pencha dans sa direction en faisant malencontreusement glisser le linge mouillé disposé sur son front sur les couvertures épaisses. Là, elle rapprocha leurs deux visages et remplaça son index par sa bouche mutine. Elle lui offrit un baiser d'amour aussi velouté que le duvet des pêches mûres.

— Je veux être ta femme, Baldo, et je pense avoir le courage nécessaire pour me rendre à l'église dès aujourd'hui.

Il émit un petit rire en caressant tendrement sa nuque et ses cheveux, libérés en longues ondulations.

— Ma téméraire... nous allons attendre le temps qu'il faudra, car nous ne savons pas si tu peux déjà marcher. Et puis, tu n'as pas encore de robe.

— Une mariée, ça se porte dans les bras, non ? Quant à la robe, je peux y aller avec celle-ci, qu'on recouvrirait d'un beau châle.

Cette fois-ci, il éclata de rire face à son empressement et ses idées, un soupçon, saugrenues, puis l'embrassa de nouveau.

— Nous avons désormais toute la vie pour nous marier et nous remarier autant de fois que nous le souhaiterons, mon amour.

* * *

Trois mois plus tard

Baldassarre pénétra dans les vastes cuisines du domaine viticole, sa chemise de lin blanc ouverte sur son torse en sueur, que le soleil continuait de tanner, et une missive dans la main. Il s'était aisément habitué à cette vie rurale et à ce rôle de vigneron que lui inculquait le couple de paysans, de vieux amis de sa famille maternelle. Comme la plupart des bourgeois citadins, ses racines n'étaient pas nobles et il venait d'une grande lignée de paysans ombriens, extrêmement attachés à la terre et à la culture des vignes. Qu'il était bon de retourner à ses racines et de renouer les liens avec sa terre et ses ancêtres !

Beatrice s'était accommodée à cette existence avec autant de facilité que lui. Elle aimait l'air pur de la campagne, l'honnêteté des gens et la beauté de la nature. En outre, ce qui lui importait le plus était d'être aux côtés de son grand amour. Elle était assise autour d'une longue table boisée et équeutait des cerises lorsqu'il pénétra dans la pièce ensoleillée. Un sourire fendilla le visage viril alors qu'il admirait son épouse officielle, ravissante dans sa simple robe de campagne beige et avec ses immenses yeux bleus rieurs.

Elle avait totalement récupéré sa force physique, les blessures ne laissant que de claires cicatrices sur son corps et son visage angélique, qui était, aujourd'hui, couronné d'une longue et épaisse natte brune qu'elle ornait désormais de campanules ou de boutons d'or.

— Tu as l'air de bonne humeur, Baldo.

— Nous avons une lettre des Monteverdi.

— Oh… depuis le temps que nous l'attendons !

Elle cessa son activité et il se hâta de la rejoindre pour s'asseoir à ses côtés. Là, il décacheta le sceau, déplia la lettre et en commença la lecture à voix haute :

Chère Beatrice, Cher Baldassarre,

Toutes nos félicitations pour votre mariage. Vous méritez plus que quiconque d'être heureux en ménage.

Vérone est bien triste sans vous, mais nous envions également la sérénité de votre lointaine campagne. Nous viendrons vous visiter un jour et nous espérons qu'à ce moment-là, la branche cadette des Torelli se sera agrandie. Œuvrez bien pour vous assurer des héritiers.

Nous avons des nouvelles positives à vous communiquer. Dans un premier temps, messer Domenico Bartolo a jugé nécessaire de vous rendre visite. Il aimerait la paix avec sa fille et son nouveau gendre. Ensuite, sachez qu'il est de nouveau veuf depuis la semaine dernière. Certains nommeraient cela « punition divine », nous, nous appelons cela « le destin ». Cette chère Veronica s'est accidentellement tuée la semaine dernière en fricotant avec son amant, dans son atelier de peinture et de sculpture. Vraisemblablement, alors qu'elle s'apprêtait à quitter les lieux, l'échafaudage de l'artiste-peintre se serait effondré sur son passage en l'écrasant au sol et un gros morceau de marbre l'aurait percutée au front en la tuant sur le coup.

Paix à son âme, malgré sa malveillance.

Ensuite, les hautes autorités de Vérone ont décrété qu'il était dans notre pouvoir de récupérer tous les biens des Foscari, au vu de l'agression qu'il a commise en notre demeure. Nous avons gagné cette bataille. Espérons que ce vieux Ludovico se retourne dans sa tombe. Par mansuétude et parce que cela reste son droit, Bianca percevra une pension à vie et nous lui avons consacré une dot plutôt généreuse, qui attirera l'intérêt des meilleurs partis du pays. D'ici quelques années, cette pauvre enfant aura le choix d'épouser l'homme qu'elle aimera et de vivre dans l'aisance. Elle est toujours sous bonne garde, chez les religieuses, mais pourrait venir vous rendre visite sur votre invitation.

Enfin, il nous tarde de recevoir un peu de votre bon vin. Nous aimerions le servir à notre prochain bal et épater les papilles de nos convives.

Le temps d'oublier le malheur et de recommencer aux côtés de la félicité est arrivé.

Portez-vous bien, jeunes mariés.
Vos fidèles serviteurs,
Giacomo et Massimo Monteverdi.

ÉPILOGUE

Été, 1459
Ombrie, Italie

Dans la campagne entourant le charmant village de Spolète, une ravissante ferme s'érigeait tel un phare au milieu de la mer verdoyante, sur laquelle le soleil aimait égarer ses rayons lumineux. C'était une immense propriété de maître, vestige du Moyen-Âge profond, mais entretenue avec autant d'amour que les vignes plantées à ses pieds. Elles étaient sublimes et les raisins, beaux et d'un goût exquis. C'était la saison des vendanges. De nombreuses personnes coiffées de chapeaux de paille s'affairaient à récolter les grappes de raisin mûr, destinées à la confection du meilleur vin de la région, celui de Baldassarre Torelli, ancien *condottiere* et aujourd'hui viticulteur renommé. La plupart de ses employés étaient les mercenaires désœuvrés à qui il avait promis un avenir et une situation. Il n'avait eu qu'une parole, car tous avaient fondé une famille dans les alentours et se plaisaient à travailler les vignes de leur ancien chef, dans la paix et la prospérité.

— Pourquoi me regardes-tu comme ça, Bea ?

Protégée par le rebord de son large chapeau de paille, la jeune femme de vingt-neuf ans admirait son mari avec un regard amoureux et un sourire espiègle. Ses belles pommettes hautes étaient roses sous l'effort et la chaleur.

— Parce que tu es beau, surtout lorsque tu récoltes tes précieux raisins.

— Arrête de te moquer de moi.

Mais elle était sincère. Le trentenaire était plus beau que jamais dans sa simple tenue de vigneron, dont la chemise en lin, d'un blanc délavé, s'ouvrait sur un torse luisant et toujours aussi puissamment musclé. Ses cheveux noirs tombaient comme d'habitude sur ses larges épaules, sa barbe de quelques jours habillait son visage encore plus basané par le soleil d'Ombrie, alors que ses yeux la dévoraient avec la même passion que jadis.

Depuis leur dernière nuit à Vérone, les deux bourgeois avaient épousé le mode de vie campagnard et s'épanouissaient en qualité de propriétaires terriens. La vie ici était plus douce, paisible et saine qu'en ville. Mari et femme cultivaient les raisins, fabriquaient du vin, le vendaient aux grands seigneurs du pays et se nourrissaient librement de leur amour mutuel. Les travaux à la campagne entretenaient leur forme physique et les rendaient sincèrement heureux. Ici, au milieu de nulle part, il n'y avait ni complot, ni jalousie, ni trahison.

— Tu es si séduisant, il faut l'assumer !

Il lui adressa un sourire amusé, ce qui révéla des dents éclatantes de blancheur au milieu de son visage basané.

La vraie beauté, c'était elle. Les activités extérieures avaient bronzé sa peau délicate en faisant ressortir le bleu intense de ses yeux incroyables, tandis que la lumière du soleil avait dessiné quelques taches de rousseur sur le haut de ses pommettes. Elle avait remplacé ses belles robes de soie, de brocart et de velours par une robe de travail en laine beige, plus simple et bien moins précieuse, mais joliment faite et accordée à son ravissant chapeau de paille. Même dans cette tenue rurale, elle resplendissait de sensualité italienne. D'ailleurs, elle avait gagné quelques rondeurs dues à sa grossesse avancée et cela adoucissait davantage ses magnifiques traits.

— Bea, il fait bien trop chaud aujourd'hui et je n'aime pas te savoir dehors alors que tu es sur le point de mettre notre fils au monde.

La jeune femme émit un petit rire en portant une main à son ventre joliment arrondi sous les jupons de laine.

— Notre fils ? Je suis certaine que ce n'est pas un garçon.

— Moi, je pense que si.

— J'ai déjà porté un garçon et c'était très différent. Mon instinct me dit que c'est une fille, assura-t-elle, en arrachant un raisin de sa grappe pour l'apporter à sa bouche. Une ravissante petite fille aux yeux sombres, qu'on appellera Bruna.

— Bruna ? C'est peu commun, mais ça sonne bien. Si tu me donnes une petite Bruna, alors je nommerai notre nouveau vin en son honneur.

Beatrice afficha un large sourire à l'ombre de son grand chapeau et Baldassarre effectua quelques pas dans sa direction pour poser une main sur son ventre et l'autre sur son dos. Là, il se rapprocha d'elle et l'enlaça amoureusement avant de pencher sa tête vers la sienne et de lui voler un baiser.

— Que Dieu me préserve si j'ai une fille, car je sais qu'elle sera aussi belle que toi et qu'elle me causera autant d'ennuis que toi.

Cette fois-ci, le rire de Beatrice résonna dans le vignoble en se mêlant aux bruits de la nature.

— Te connaissant, tu l'enfermeras dans un couvent à l'âge de quinze ans et aucun autre homme ne pourra apprécier sa beauté.

— Chaque père a le droit de protéger sa progéniture, non ? répliqua-t-il, malicieux.

* * *

Quelques semaines plus tard, dans la ville de Vérone et plus précisément à la table des Monteverdi, on servit lors du nouveau bal un délicieux vin baptisé Bruna. C'était le nouvel élixir à la mode, épicé et sucré à souhait, que tous les notables s'arrachaient pour accompagner leurs festins. Les Medici, le Doge de Venise et même le Pape finirent par en entendre parler et le servir lors de leurs banquets. C'était désormais autour du Bruna que l'on scellait des pactes, que l'on signait des paix ou que l'on célébrait l'amour de jeunes mariés.

On chercha à récompenser les mystérieux vignerons en leur proposant d'être les cavistes des plus riches familles italiennes, mais ils préférèrent ne jamais quitter leurs vignobles et leur ravissant domaine.

En quittant Vérone à jamais, Baldassarre et Beatrice s'étaient construit une citadelle de joie et d'amour dans la campagne la plus reculée, où ils confectionnaient l'ambroisie des princes italiens sans plus vraiment se soucier du monde extérieur et de ses travers. Seuls comptaient désormais leur fille, leur vin et leur petit coin de paradis.

Vous avez aimé votre lecture ?
Découvrez les autres romans des éditions So Romance
disponibles en format papier et numérique.

Curves rock - Tome 3 : Beggin'

Alors que Stones pensait être unique à leurs yeux et qu'elle commençait enfin à s'accepter à leur contact, elle découvre une vidéo levant le voile sur certains des sombres secrets de ses deux Apollons. Choquée par ces révélations, elle décide de partir pour une destination lointaine, sans prévenir personne. Mais quand elle apprend que la santé de Jake est en danger, elle n'a plus d'autre choix que de rentrer et de faire face à ses démons. Coachée par sa mère, elle apprend à s'affirmer. Petit à petit, elle va s'ouvrir à un monde où toutes les barrières qu'elle avait érigées vont tomber une à une, et dans lequel elle pourra enfin révéler son obscur reflet.

From Moscow with love
Tome 1 : Un passé retrouvé

En rentrant d'un séjour professionnel de deux ans en Afrique, Margaux reçoit une lettre écrite par son père, décédé huit ans plus tôt. Avec ses deux sœurs, elle décide d'accéder à son souhait en dispersant ses cendres en Russie, la terre de leurs ancêtres, et de partir en quête de ce secret de famille. Au détour de plusieurs rencontres, elles vont prendre conscience du danger de leur identité tenue à rester cachée. Entre Mikhaïl, le fils d'amis de ses parents, et Alekseï, le mystérieux inconnu, Margaux devra se sacrifier afin de protéger ses sœurs.

Fight for me - Tome 3 : Possession

Depuis sa sombre histoire avec son ex, Charlie semble réservée, mystérieuse et insaisissable. Mais le temps d'une soirée à l'université, Charlie baisse sa garde. Six ans plus tard, Davis est incapable d'oublier Charlie, plus distante que jamais. Il tente le tout pour le tout pour se rapprocher d'elle et gagner sa confiance. Jusqu'à ce que l'ex de la belle rousse surgisse et ravive ses démons. Au même moment, Davis est pris comme cible par un dangereux inconnu... À travers un duel qui ne se terminera que lorsqu'il n'en restera plus qu'un seul debout, Davis se bat pour sauver la vie de Charlie. Qui en sortira vainqueur ? Qui gagnera le coeur de Charlie ?

Perfect gentleman online

Hélène est une jeune femme carriériste qui ne croit plus en l'amour. Mais suite à un challenge lancé par sa soeur, elle s'inscrit sur un site de rencontre. Raphaël, son nouveau collègue, passe alors un deal avec elle : elle le forme pour qu'il devienne le meilleur commercial de l'entreprise, et il la coache pour gérer ses rendez-vous amoureux. Très vite, les sentiments s'en mêlent, et entre Raphaël et Matys, le beau docteur rencontré online, le coeur d'Hélène balance. C'est sans compter le mystérieux inconnu qui l'a ramenée chez elle après une soirée trop arrosée, et dont il ne lui reste qu'un mouchoir brodé à ses initiales...

Pour en savoir plus

www.soromance.com

© Éditions So Romance, 2022 pour la présente édition

Éditions So Romance
10/8, rue Jules Cockx
1160, Bruxelles
www.soromance.com

ISBN : 9782390453406
D/2023/14.771/01

Maquette de couverture : Philippe Dieu
Photo : ©KathySG / Shutterstock